시작하는 작가를 위한 캐릭터 설정 노트

내가 신이 되는 세상 2

내가 신이 되는 세상 2

PIE

Originally published in Japan by PIE International
Under the title 物語を作る人のための キャラクター設定ノート
(A CREATOR'S GUIDE FOR CHARACTER-BUILDING)

Original Japanese Edition Creative Staff:
著者 鳥居彩音
監修 榎本 秋
執筆協力 榎本海月(榎本事務所)
装丁・デザイン 小松洋子
編集 関田理恵
Korean translation rights arranged through Shinwon Agency Co., Korea

ISBN 978-89-314-6903-5

독자님의 의견을 받습니다

이 책을 구입한 독자님은 영진닷컴의 가장 중요한 비평가이자 조언가입니다. 저희 책의 장점과 문제점이 무엇인지, 어떤 책이 출판되기를 바라는지, 책을 더욱 알차게 꾸밀 수 있는 아이디어가 있으면 팩스나 이메일, 또는 우편으로 연락주시기 바랍니다. 의견을 주실 때에는 책 제목 및 독자님의 성함과 연락처(전화번호나 이메일)를 꼭 남겨 주시기 바랍니다. 독자님의 의견에 대해 바로 답변을 드리고, 또 독자님의 의견을 다음 책에 충분히 반영하도록 늘 노력하겠습니다.

파본이나 잘못된 도서는 구입처에서 교환 및 환불해드립니다.

이메일 : support@youngjin.com
주 소 : (우)08507 서울특별시 금천구 가산디지털1로 128 STX-V 타워 4층 401호 ㈜영진닷컴
등 록 : 2007. 4. 27. 제16-4189호

STAFF
저자 도리이 아야네 | **감수** 에노모토 아키 | **역자** 최서희 | **책임** 김태경 | **진행** 차바울 | **디자인·편집** 김효정
영업 박준용, 임용수, 김도현, 임윤철 | **마케팅** 이승희, 김근주, 조민영, 김도연, 김민지, 김진희, 이현아
제작 황장협 | **인쇄** 예림인쇄

시작하는 작가를 위한 캐릭터 설정 노트

내가 신이 되는 세상 2

도리이 아야네 저자 에노모토 아키 감수 최서희 역자

YoungJin.com Y.
영진닷컴

시작하며

이야기가 머릿속에 떠오르는 방법은 사람마다 다릅니다. '이런 이야기를 쓰고 싶어', '멋있는 대사가 생각났어!', '이런 장면이 있으면 흥미진진하겠지?' 이렇게 말이지요.

캐릭터는 창작에 있어서 꼭 필요한 존재이며, 작품의 얼굴이라 해도 과언이 아닙니다. 물론 세계관 설정이나 이야기에 중심을 둔 작품도 많지만, 그 세계를 누비며 이야기를 풀어나가는 것은 캐릭터입니다. 캐릭터가 없다면 세계도 이야기도 보여줄 수 없습니다. 그렇다면 이런 캐릭터들은 어떻게 만들어지는 걸까요? 역시 정답이란 없어서 작가가 각자의 방식대로 숨을 불어넣고 있을 것입니다. 어디까지 공들여 만들 것인지도 작가의 재량입니다.

캐릭터 만들기에 즐겁게 전념할 수 있다면 좋겠지만, 갈피를 잡지 못하는 때도 있을 겁니다. 캐릭터(여기서는 일단 인간이라고 합시다) 한 명을 창조할 때 생각해야 하는 요소는 아주 많습니다. '최소한으로 정해두자'라고 해도 그 최소한의 경계선도 애매하죠. 이야기를 만들면서 필요에 따라 생각할 수도 있겠지만, 효율적이지 않아요. 이미 정해진 설정과 모순될 가능성이 있습니다. 그러니 하나의 지침으로 이 책을 활용했으면 합니다.

이 책은 2부로 구성되어 있습니다.

우선 캐릭터를 설정할 때 꼭 생각해야 하는 요소들을 설명합니다. 외면과 내면은 물론이고 능력이나 가치관, 하루의 생활이나 습관 등에 관해 언급하고 있습니다. 이 책은 레퍼런스를 얻기보다는 캐릭터를 만들 때의 사고방식에 비중을 두고 있다는 점 양해 부탁드립니다. 해설을 읽은 후 궁금한 사항이 있다면 별도로 전문 서적을 참고하시기 바랍니다. 어느 분야든 초보자를 위한 입문서가 있는 것이죠.

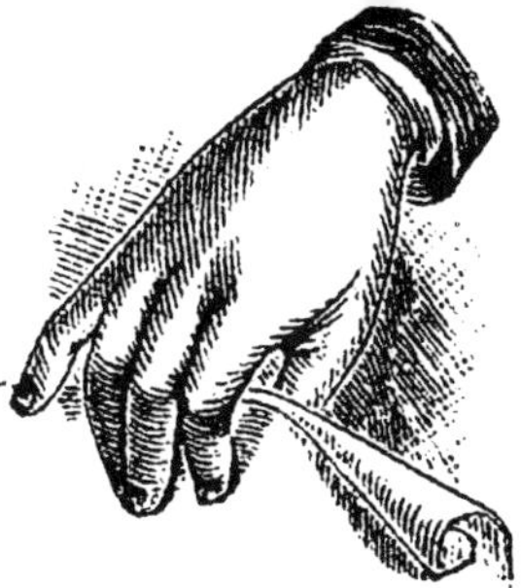

다음으로는 앞에서 알아본 요소를 기반으로 직접 생각한 설정을 적어둘 템플릿을 준비했습니다. 캐릭터의 인원수만큼 복사하거나 엑셀 시트를 만들어서 적어두면 각 캐릭터를 차별화하기 쉽습니다. 템플릿의 내용이 전부는 아니므로 설정 사항을 추가해도 좋고, 적어두기 쉽도록 커스텀해도 좋습니다. 템플릿은 다섯 종류를 준비했습니다. 비슷한 내용이라고 생각할 수 있지만, 캐릭터에 따라 달라지는 부분이 있습니다. 템플릿 작성에 도움이 되시라고, 템플릿 내용을 직접 작성한 샘플도 넣어두었습니다. 어떻게 캐릭터를 만드는지 이미지화하기 쉽게 되어 있습니다.

이 책은 창작 노트 제2탄입니다. 전작인 《내가 신이 되는 세상》은 세계관을 만들 때 도움이 되는 책입니다. 함께 활용해 주신다면 기쁘겠습니다.

당신의 창작 활동이 열매를 맺길 바랍니다.

목차

PART 1
캐릭터 창작 설명

PART 2
캐릭터 창작 노트

PART 3
창작 노트 샘플

PART
1

캐릭터 창작 설명

하나의 세계를 형성하는 부분은 여러 갈래로 나뉘어 있습니다.
우선은 어떤 부분이 있는지를 파악하고,
각각의 이상적인 상태를 살펴봅시다.

각 항목의 요점을 설명하고 있으므로
이 책을 계기로 삼아 한층 더 깊이 파고들었으면 합니다.

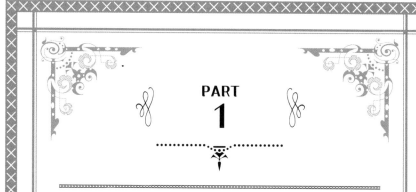

유일무이한 캐릭터를 만들자

캐릭터의 창시자는 당신입니다. 호감을 살지, 미움받을지, 동경하는 존재가 될지, 타인의 경외를 받을지, 어떤 캐릭터가 될지는 당신에게 달렸습니다.

가장 중요한 것은 캐릭터

이야기를 구성하는 중요한 기둥이 세 개 있습니다. 캐릭터, 스토리, 세계관입니다. 그밖에 주제(그 작품에서 가장 전하고 싶은 것)가 중요하기도 하지만, 일단 캐릭터와 세계관이 있으면 이야기가 성립합니다. 이러한 세 기둥 중에서 가장 중요한 것이 캐릭터입니다. 왜냐하면 만들어진 무대(세계관) 안에서 스토리를 전개하는 것은 캐릭터이기 때문입니다. 캐릭터가 없다면 아무리 매력적인 세계관이라 해도, 아무리 자극적인 스토리라도 제삼자에게 보여줄 수 없습니다.

매력적이기에 캐릭터

'어쨌든 캐릭터가 있으면 된다는 거지?!' 라는 말이 아닙니다. 독자나 시청자나 플레이어는 캐릭터의 언동을 따라가면서 이야기에 몰입합니다. 그런 캐릭터가 매력이 전혀 없는 인물이라면 어떻게 될까요? 아마도 이야기 자체를 '지루하다'라고 생각할 가능성이 매우 높습니다. 특히 요즘 작품 경향을 살펴보면 캐릭터의 매력이 이야기의 상당 비중을 차지하는 경우가 많습니다. 개성 있는 주인공이 엉망진창으로 벌이는 행동에 두근거리는 겁니다. 소설에서는 라이트 노벨이 두드러지며, 라이트 노벨에서 파생된 캐릭터 문예도 이름 그대로 캐릭터가 주축인 이야기가 많습니다. 만화나 드라마, 영화에서도 임팩트 있는 캐릭터가 등장하는 장면이 다수 있습니다.

생각해야만 하는 많은 요소

'누구나 놀랄만한 설정 하나를 만들면 매력적인 캐릭터가 되는 것인가?'라고 생각하실 수 있지만, 당연히 그렇지만은 않죠. 참신한 아이디어는 작품의 재미를 끌어올리는 중요 요소이지만, 쉽게 생각해낼 수 없기에 참신한 것입니다. 게다가 캐릭터는 외모나 내면 등 다양한 요소로 구성되어 있습니다. 금메달을 딸 정도의 운동선수라고 해도, 그의 캐릭터성은 해당 스포츠에 맞춰져 있을 거예요. 하지만 24시간 운동하는 것도 아니고, 일상의 좋고 싫은 영역이나 잘하는 것이 또 있을 겁니다. 이런 것들을 정해두면 확실한 캐릭터를 만들 수 있습니다. 캐릭터의 구성 요소는 아주 다양합니다. 이 세상에 완전히 똑같은 사람은 없는 이유이며, 따라서 이를 창작하는 것도 상당히 힘든 작업입니다.

캐릭터는 어떤 요소로 구성되는가?

1 퍼스널 데이터

P.010

캐릭터를 보여줄 때 처음 제시되는 단적인 정보들. 경시하지 말지어다, 생의 노고는 여기에도 있다.

2 외모

P.013

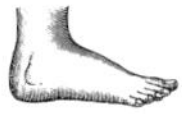

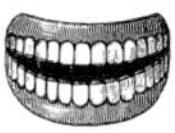

첫인상으로 이어지는 비주얼. 세세한 부분까지 고집하자.

3 체질

P.017

의외로 간과하게 되는 몸. 작은 특징일지도 모르지만, 캐릭터를 생생하게 만드는 데 일조한다.

4 성격

P.020

첫인상은 외모로 결정되는 경우가 많지만, 알아가면서 중요한 것은 마음이다. 성격의 좋고 나쁨은 어떻게 판단할까?

5 내면

P.026

이야기 속에서 '캐릭터다움'을 더욱 끌어내려면 무엇이 필요할까? 그들의 내면을 파헤쳐 보자.

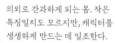

6 능력

P.030

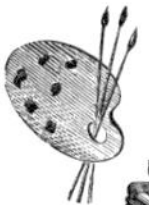

잘하는 일, 할 수 있는 일, 할 수 없는 일. 작은 것부터 큰 것까지 캐릭터들이 간직하고 있는 힘.

7 좋아하는 것과 싫어하는 것 / 취미

P.034

세상에는 많은 게 있고 그것을 좋아하는 사람, 싫어하는 사람, 양쪽 다 아닌 사람으로 나뉜다.

8 배경

P.036

과거가 있기에 지금이 있다. 캐릭터들은 어떤 인생을 살아왔을까?

9 생활 스타일

P.038

적을 쓰러트리고 난해한 사건을 해결하는 캐릭터에게도 일상의 생활이 있다.

10 캐릭터를 교류시키자

P.042

혼자일 때와 누군가와 함께일 때, 캐릭터는 다른 얼굴을 보여준다. 캐릭터들을 교류시켜 보자.

chapter

(1) 퍼스널 데이터

캐릭터를 보여줄 때 처음 제시되는 단적인 정보들.
경시하지 말지어다, 생의 노고는 여기에도 있다.

우선 퍼스널 데이터를 살펴봅시다. 퍼스널 데이터는 바꾸어 말하면 '캐릭터를 타인이 확실하게 인식할 때 필요하거나 있으면 좋은 사항'을 말합니다. 이력서나 프로필에 적는 것들이라고 떠올리면 이해하기 쉬울 겁니다.

이름

자기소개를 하거나 누군가에게 소개받을 때 가장 먼저 제시하는 정보가 이름입니다. 이름은 자신을 나타내는 가장 손쉽고 중요한 항목이죠. 타인과 구별하는 기호로 이루어져 있기 때문입니다(그래서인지 동명인 사람을 특별하게 느끼기도 합니다).

캐릭터를 만들 때 이름을 정하는 건 나중으로 미룰 수 있지만, 이름을 지으면 캐릭터에 숨을 불어 넣은 듯한 기분이 듭니다.

이야기에서 이름을 누가 지었는지(부모, 조부모, 지인, 자기 자신 등)도 설정해 두면 그 캐릭터의 배경과도 이어집니다. 스스로 이름을 지었다면 어떤 사정이 있을까요? 원래 이름을 버렸거나, 자아가 싹틀 무렵에는 이미 혼자라서 이름을 지어줄 사람이 없었다거나 하는 등의 사정이 있을 수 있습니다.

나이

이름만큼 중요한 정보가 나이입니다. 초면인 사람에게 나이를 물은 경험은 누구나 있죠.

현대에서는 18세를 성인으로 간주하며(한국은 만 19세 이상), 미성년자는 할 수 없는 일도 많습니다. 어른이 되면 한 살 차이는 별거 아니겠지만, 학창 시절의 한살 차이는 선후배 관계에 있어서 상당한 영향을 미칩니다. 학원물이나 청춘물 등 학생이 메인인 이야기에서는 중요한 설정 중 하나가 되겠지요.

'연령 미상'인 캐릭터도 자주 눈에 띄지만, 작가라면 대략 몇 년 정도를 살았는지는 정해두었으면 합니다. 살아온 세월에 따라 가치관이나 사고방식이 달라지기 때문입니다.

성별

사람은 신체적, 정신적인 특성이나 성장 속도 등을 이유로 동성에게 감정이입을 하기 쉬운 경우가 많아 성별도 중요한 요소입니다. 예를 들어 소녀 만화의 주인공은 대부분 여학생입니다. 하지만 요즘은 젠더리스 사고방식이 퍼지고 있어서 성별에 구애받지 않는 캐릭터가 있어도 좋습니다. 종족에 따라서는 성별의 개념이 없을 수도 있습니다.

입장

직업의 종류 등 사회에서 보았을 때 캐릭터의 위치를 말합니다. 사회는 개인에게 어떠한 포지션을 갖게 함으로써 형성됩니다. 그 포지션이 비록 사회에 직접 공헌하고 있다고 말하긴 어려워도, 존재해야 하는 경우가 많습니다. 사회 속에서 살고 있는 인간은 어떻든 포지션으로 분류되는 듯합니다.

아이는 대체로 '학생'에 속합니다. 초등학교에 입학하기 전인 아이들은 '미취학 아동'이라 부르고 유치원이나 어린이집에 다닌다면 '유치원생, 어린이집 아동'이라 불리겠지요.

사회인이 되면 앞에서 이야기한 대로 직업의 종류에 따른 내용이 캐릭터의 입장이 됩니다. 직장인, 미용사, 요리사, 정치인, 자영업자 등 다양하게 나눠집니다. 어른이 되면 이름, 나이 다음에 듣거나 묻는 것은 '어떤 일을 하고 있나요?'가 아닐까요? 그 정도로 사회적인 입장을 신경 쓰는 사람이 많다는 것입니다.

종족

이야기의 캐릭터 모두가 인간인 것은 아닙니다. 동물이나 현실에서는 존재하지 않는 생명을 창조해도 아무런 문제가 없습니다. 요정이나 드래곤 같은 판타지다운 것부터 인간과 무언가의 혼혈 같은 조금 특수한 종족이 있어도 좋습니다.

이름 짓기 주의사항

이야기에는 여러 캐릭터가 등장합니다. 그래서 이름 짓기에 주의했으면 하는 점이 있습니다. 여럿이 모였을 때 아래와 같은 일이 벌어진다면 그다지 좋은 이름이라고 할 수 없습니다.

① 글자의 모양이 비슷하다
② 읽었을 때 발음이 비슷하다
③ 글자수가 같다

쌍둥이 캐릭터라면 비슷한 이름을 가질 수 있습니다. 그럴 때라도 적어도 ①과 ② 둘 중에 하나는 피해줍시다. 글자수가 같은 국가에서는 별명을 활용해도 좋습니다.

memo

chapter

(2) 외모

첫인상으로 이어지는 비주얼.
세세한 부분까지 고집하자.

어디서나 필수인 캐릭터의 외모. 일러스트 세계에서는 '캐릭터 디자인'이라고 합니다. 문자뿐인 소설이라면, 독자가 캐릭터를 이미지화 할 수 있도록 확실히 설정해둬야 합니다. 캐릭터를 만들어 본 적 있는 사람이라면 쉽게 떠올릴 수 있겠지만, 다시 한번 외모라는 게 어떤 것을 가리키는지 알아봅시다.

키

캐릭터의 외모를 결정할 때, 가장 먼저 생각하는 것이 키인 사람이 많을 거로 생각합니다. 'A와 B 캐릭터는 키 차이가 몇 cm 나서…'라고 키 차이를 생각하는 것도 설정 만들기의 재미 중 하나입니다. 구체적인 숫자까지는 생각해 본 적 없어도 캐릭터들을 키 순서대로 세워둔다면 어떻게 될지 정도는 생각해 두는 게 좋습니다.

만화나 게임 등 비주얼이 있는 이야기라면 확실하게 몇 센티미터라고 설정해두는 쪽이 나중에 편합니다. 제삼자와 이야기 설정을 공유하게 되었을 때, 명확한 설정이 있어야 착오가 생길 확률이 적기 때문입니다. '애니메이션화할 것도 아닌데 공유라니….'라고 생각하시나요? 쉐어월드라고 복수의 저자가 만들어내는 이야기 형식도 있습니다.

게다가 이야기를 받아들이는 사람

중에는 캐릭터의 세세한 설정을 알아보는 것을 좋아하는 사람도 있습니다. 어지간히 고집스러운 부분이 없는 한은 결정해 두어서 손해는 없을 겁니다.

몸무게

키와 달리 겉모습만으로는 판단하기 어려운 것이 몸무게입니다. 일단 성별 평균 키 및 체중 데이터를 알 수는 있지만, 같은 키라도 생활 습관이나 체질에 따라 크게 달라집니다. 덧붙여 이야기하자면 같은 체중이라도 근육질인지 단순한 지방인지에 따라 겉모습도 달라지기 때문에 체중만으로 캐릭터의 체형을 결정하기는 의외로 어렵습니다. 키보다 체중을 정하는 게 상당히 어렵습니다.

또 현실과 창작의 간극이 심해지기도 합니다. 신장 150cm대의 여성 캐릭터의 체중은 40kg대인 경우가 많지만, 평균 체중은 50kg대입니다.

40kg대라고 하는 것은 소위 말하는 모델 체형으로 상당히 마른 체형입니다. 어디까지나 창작이므로 현실을 따를 필요는 없지만, 설정하기 전에 평균 체중을 확인해 두는 것이 좋겠지요.

체형

외모를 생각할 때 키와 몸무게는 한 번에 떠올라도, 체형까지는 생각이 닿지 않는 경우가 많습니다. 캐릭터의 외모를 차별화하기 위해서는 체형도 신경을 써야 합니다.

큰 체구, 작은 체구, 마른 체형, 중간 키에 적당한 몸집, 근육질, 통통한 체형 등을 예로 들 수 있습니다. 키나 몸무게와 달리 추상적인 표현이지만, 이미지를 받아들이는 사람

이 떠올리기 쉽게 이렇게라도 정해 두면 좋습니다. 마른 체형이라면 소식, 근육질이라면 근육 트레이닝을 규칙적으로 한다 등의 설정도 부여할 수 있습니다.

머리 모양

캐릭터를 차별화하는데 가장 편리한 것이 머리 모양입니다. 단순히 머리 색이나 길이를 바꾸기만 해도 다른 캐릭터를 만들 수 있습니다. 머리 모양에 따른 실루엣만으로 캐릭터를 판별할 수 있을 정도입니다.

머리 모양의 차이를 보여주는 요소는 길이나 색뿐만이 아닙니다. 머리를 자른 방법, 파마의 유무, 머리 묶는 방법, 헤어 액세서리, 모질(생머리, 뻣뻣한 머리, 볼륨감 있는 부드러운 머리, 곱슬머리 등)에 따라 얼마든지 변화를 줄 수 있습니다.

이런 차이를 잘 모르는, 흥미가 없던 사람은 잡지를 보거나 인터넷에서 검색해 봅시다. 글자뿐인 소설에서는 '보브', '투 블록', '웨이브' 등 머리 모양의 명칭도 기재해야 하므로 확실하게 확인합시다.

의복

머리모양과 마찬가지로 무한하게 변화를 줄 수 있는 것이 의복입니다. 이야기에서는 한 패턴의 의복을 입고 있는 일도 많아서 캐릭터를 상징할 때 중요한 요소가 됩니다. 현대물에서는 매일 다른 옷을 입는다고 해도 어느 정도 경향을 통일해 두면(원피스만 입는다, 일 년 내내 샌들을 신고 있다 등) 캐릭터의 이미지 만들기에도 도움이 됩니다.

멋 부리기를 좋아하는 사람은 캐릭터에 어떤 옷을 입힐까 설레면서 생각할 수 있겠지요. 이때 주의해야 할 점은 다른 캐릭터와 가능하면 복장이 겹치지 않도록 해야 한다는 것입니다. 인상이 비슷하면 캐릭터의 개성이 약해지기 때문입니다.

의복에 대해 잘 모르는 흥미가 없던 사람은 머리 모양과 마찬가지로, 조금 고생할 수도 있습니다. 역시 잡지나 인터넷을 찾아봅시다. 판타지 작품 속 캐릭터의 경우는 역사 속 인물의 복장을 찾아보는 것도 좋습니다.

색

머리 모양이나 복장 이외에도 색을 설정하는 부분이 있습니다. 우선은 눈동자입니다. 엔터테인먼트 작품에서는 빨강이나 노랑 등의 컬러풀한 색을 사용하는 일도 많습니다. 그 외에는 피부색이 있습니다. 같은 인종이라도 피부색이 세세히 다릅니다. 피부가 희기도 하고 노릇노릇한 밀색도 있죠. 비주얼이 있는 이야기에서는 같은 색을 사용하지 말고 색상의 차이를 보여주면 좋습니다.

memo

chapter

(3) 체질

의외로 간과하기 쉬운 몸.
작은 특징일지도 모르지만, 캐릭터를 생생하게 만드는 데 일조한다.

자신의 체질을 떠올려 보자

우리 인간의 몸을 구성하는 부분은 공통되어 있지만, 완전히 같은 기능을 하고 있느냐 하면 답은 NO입니다. 구성은 같아도 얼굴 모양은 각각 다르며 키나 몸무게도 다릅니다. 로봇과 달리 완전히 똑같은 인간은 있을 수 없습니다. 그래서 하는 캐릭터 설정이기도 합니다.

이 항목에서는 캐릭터의 차별화를 꾀하는 하나의 재료로 '체질'을 소개합니다. 우선 체질이란 어떤 의미인지, 다시 한번 확인하기 위해 사전을 찾아봅시다.

[체질]

몸의 성질. 유전적인 요인과 환경 요인과의 상호작용에 의해 형성되는 개개인의 종합적인 성질(일본의 디지털 대사천(大辞泉)에서 일부를 발췌)

유전적 요인 = 타고난 것
환경요인 = 태어난 후의 생활

이라고 생각하면 문제는 없을 겁니다. 이것들로 각자의 체질이 완성되어 간다고 합니다. 타고난 체질이 있으면 세월이 지나서 생기는 체질도 있는 거죠. 여러분도 자기 몸을 떠올려 보세요. 어떤 체질이 떠오를 것입니다. 참고로 필자는 날씨가 흐리면 (저기압) 두통이 생기거나 몸이 나른해지거나 합니다.

캐릭터에
개성을 더하자

체질은 일상생활에 지대한 영향을 미치는 것부터 평소에는 신경 쓰이지 않지만, 어떤 타이밍에 나타나는 사소한 것까지 다양합니다. 세상엔 많은 사람이 있으니 당연한 일이겠지요.

그렇다면 캐릭터를 만들 때 꼼꼼하게 체질을 생각해 본 적 있으실까요? 그 체질이 그·그녀의 개성이나 특징이 되는 경우라면 몰라도(예: 몸이 아주 튼튼하다 등), 이야기와 직접적으로 관련 없는 사소한 것까지는 좀처럼 생각하지 않을 수 있습니다.

그러나 이러한 것들을 생각해 두면 캐릭터 묘사를 할 때 크게 도움이 됩니다. 필자처럼 저기압일 때 두통이 잘 생긴다면, 비가 내리면 기분이 좋지 않을 것이며 비를 좋아하지 않을 겁니다.

memo

체질의 예시

더위를 탐 / 추위를 탐	이 두 명이 함께 있다면, 같은 장소나 계절이라 해도 입는 옷이 달라질 것이 분명하다.
피부가 튼튼하다 / 피부가 약하다	피부가 약한 사람들은 염증이 생기거나 붉어지기 쉬우며 일 년 내내 관리나 자외선 차단제를 빠뜨리지 않을 것이다.
건성피부 / 중성피부 / 지성피부	피부에 신경을 쓰는 사람이라면 금방 감이 오는 피부 유형. 사용하는 화장품이나 스킨케어 방식이 다르다.
모발의 질(뻣뻣한 머리, 곱슬머리, 생머리 등)	만화나 게임 등으로 비주얼을 보여줄 때는 생각하자. 곱슬머리라면 아침 몸단장이 힘들 것이다.
병약	쉽게 감기에 걸리거나 금방 컨디션이 나빠지거나 한다. 어렸을 때는 병약했으나, 어른이 되면 건강해지는 것이 흔한 패턴이다.
몸이 뻣뻣하다 / 유연하다	싸움이나 큰 동작에서는 몸이 유연한 사람이 유리하다. 반대로 뻣뻣한 몸을 개성으로 만들어도 좋다.
살이 잘 빠진다 / 살이 쉽게 찐다	먹어도 먹어도 살이 찌지 않는다. 샐러드만 먹는데 살이 빠지지 않는다. 체형은 인간의 평생 고민일지도 모른다.
체력이 좋다 / 체력이 없다	밤을 새워도 괜찮은 사람. 뭘 하든 금방 지치는 사람. 노화나 운동 습관도 큰 관계가 있다.
운동 신경	달리기가 빠르거나 반사신경이 좋다. 학생이라면 부활동으로 모셔가려는 인기인일 것이다. 구기는 지나치게 서투르다는 설정도 있다.
땀을 많이 흘린다	신진대사가 좋아서 조금만 움직여도 땀투성이가 되기도 한다. 손수건이 아니라 큰 수건을 가지고 다닐지도 모른다.
대식가 / 소식가	각자 식사에 대한 입장이 다를 것 같다. 질보다 양인가, 양보다 질인가. 아니면 질과 양을 모두 추구할까.
음식을 빨리 먹는다 / 느리게 먹는다	이 둘이 같이 식사하면 어떻게 될까? 빨리 먹는 사람은 기다리는 동안 무엇을 하고 있을까? 아니면 상대방에게 맞춰주는 걸까?
음식의 호불호	쓴맛과 매운맛, 단맛을 느끼는 방법에 따라 기호가 달라진다. 이는 나이를 먹으면서도 변화한다.
알레르기	몸이 식재료나 물질을 받아들이지 못한다. 좋아하는 음식을 어느 날 갑자기 못 먹게 될 수도 있다. 많은 사람이 고민하는 것은 꽃가루 알레르기다.

chapter

(4) 성격

첫인상은 외모로 결정되는 경우가 많지만,
알아가면서 중요한 것은 마음이다. 성격의 좋고 나쁨은 어떻게 판단할까?

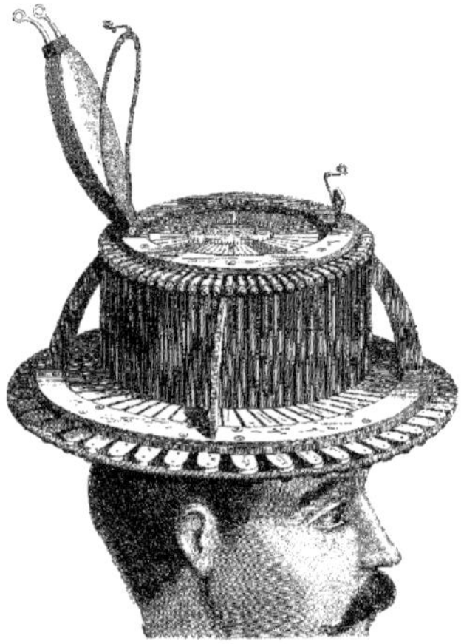

당신은 어떤 성격인가?

'자신의 성격을 한마디로 표현해 보세요'라는 말을 듣는다면 뭐라고 대답할 건가요? 밝다, 내성적이다, 꼼꼼하다 등 조금만 생각하면 대답할 수 있을 겁니다. 그렇다면 '더 자세히 알려주세요'라는 질문을 받으면 어떨까요? 조금 고민하지 않을까요?

이는 이력서의 자기 PR과 비슷한 점이 있습니다. 자신의 강점(때로는 약점)을 나름대로의 글자 수로 표현하는 데 어려움을 겪는 게 보통입니다. 마찬가지로 성격이라는 눈에 보이지 않는 것을 언어화하는 것도 무척 힘든 작업입니다.

성격은 한마디로는 표현할 수 없다

캐릭터를 만드는 이야기로 돌아갑시다. 캐릭터 만들기에 완전히 몰입하지 않은 사람이라도 최소한 성격

정도는 설정했을 겁니다. 그렇지 않으면 캐릭터를 움직일 방법이 없으니까요. 의지나 감정을 담을 수 없다고 바꿔 말해도 좋습니다. 그러나 그 최소한만으로는 아마 모자랄 것입니다. 앞에서처럼 '더 자세히 알려주세요'라는 말을 들었을 때 대답할 수 있을 정도로 생각해 두어야 합니다.

다양한 캐릭터를 만들기 위해서는 이 '더 자세하게~'가 중요합니다. 단순히 밝은 성격이라고만 설정한다면, 해당하는 인물은 별의 수만큼 있을 것입니다. 하지만 세세하게는 저마다 다른 성격을 갖고 있겠죠.

'밝다'라는 단어 하나만으로 설명할 수 있을 리가 없습니다. 그래서 더욱 요소를 추가해 차별화를 꾀해야 합니다.

메인과 서브를 생각하자

우선 대략적인 설정을 해둡시다. 메인은 '한마디로 표현한 단어'가 됩니다. 그 캐릭터의 언동에 따라 가장 눈에 띄는 부분이 될 것입니다. 밝은 성격이라면 평소에 웃고 있거나 싫은 일이 있어도 침울해하지 않거나 하는 식입니다. 여기에 서브 요소를 추가합시다. 말이나 행동할 때 살짝씩 보이는 성질이 됩니다.

예시 A

[메인] 밝다

[서브] 용감하다, 눈물이 많다, 덜렁댄다

예시 B

[메인] 밝다

[서브] 수다쟁이, 기가 세다, 자기중심적이다

어떤가요? 같은 밝은 성격이라도 상상하는 인물상은 크게 달라지지 않습니까? A는 인정이 두터운 정의의 영웅을 떠올리며 서브 요소를 배치해 보았습니다. B는 학교에서 학급의 중심인물로 일이 자기 생각대로 되지 않으면 직성이 풀리지 않는 인물을 가정하고 있습니다.

메인 요소를 한 가지, 서브 요소를 세 가지 설정했는데, 더 늘려도 상관

없습니다. 다만 메인 요소는 너무 추가하면 캐릭터의 말이나 행동에 흔들림이 생기기 쉬우므로 두 가지로 정리하는 것이 좋을 것입니다.

주의했으면 하는 점은 모순된 단어를 섞지 않는 것입니다. '정직한 사람'과 '거짓말쟁이'나 '적극적'과 '소극적'이 공존할 수는 없습니다. 다만, 상대나 사건에 따라 대응이 달라지는 건 가능합니다(스포츠에는 적극적이지만, 공부에는 소극적 등). 이때는 종합적으로 해당하는 쪽을 넣읍시다.

좋은 점도 나쁜 점도 있다

단어를 조합해서 캐릭터를 만들 때, 또 하나 생각했으면 하는 점이 있습니다. 당신은 '자신의 약점이나 좋지 않은 부분'에 대한 질문을 받았다면, 당당하게 대답할 수 있을까요? 전혀 부끄러워하지 않거나 혹은 언짢은 마음을 느끼지 않을 수 있을까요? 또 처음 만나는 상대에게 단점을 보이지 않으려고 겉을 꾸미거나 하진 않을까요?

완벽주의자가 아니어도 자신의 단점과 마주하는 것은 힘들 것입니다. 그러나 그런 단점도 자신의 바탕이 되며, 단점이 전혀 없는 사람은 존재하지 않습니다. 그러므로 캐릭터에도 일부러 단점을 만들어 주었으면 합니다. 그것이 캐릭터의 인간미가 될 것입니다.

조금 상상해 봅시다. 누구에게나 친절한 남을 돕기 좋아하는 정직한 사람이 있습니다. 게다가 머리도 좋고 스포츠도 만능에 용모도 단정합니다. 이런 인물을 어떻게 생각할까요? 친해지고 싶을까요?

'너무 완벽해서 같이 있으면 피곤해질 것 같아', '열등감을 느낀다'라고 생각하는 사람도 많을 것 같습니다. 그런 사람이 고민이 있다며 이야기를 청해도, '에이, 너처럼 대단한 사람이 무슨 고민이 있어?'라고까지 생각할 수도 있죠. 완벽한 인물은 가까이하기 어려운 법입니다. '절벽 위의 꽃'도 같은 이유겠지요. '나 같은 게 대등하게 사귈 수 있을 리 없어'

라고 단정 지어 버립니다. 굉장하다고는 생각해도 좋아한다라고는 느끼기 어렵습니다. 이래서는 매력적인 캐릭터가 될 수 없겠죠.

그러나 여기에 단점을 추가하면 완벽함이 무너져서 '나도 그런 점이 있으니까 그 기분 알아'라고 공감을 불러일으킬 수 있습니다. 이 공감대가 중요합니다. 친근감이라고 바꿔 말해도 좋습니다. 자신과 공감할 부분이 있다는 것은 상대와의 거리감을 좁히는 데 아주 효과적입니다. 예를 들면 상경한 곳에서 같은 지역에 살던 사람을 만나면 약간의 동료 의식을 느끼지 않나요? 이야기 소재도 있겠다, 친해지기까지 걸리는 시간이 짧을 겁니다. 성격도 이와 비슷하다고 이야기할 수 있습니다.

장점(대단한 점)과 단점(나쁜 점)을 균형 있게 배치할 필요가 있습니다. 배분은 캐릭터의 입장이나 만들고 싶은 이야기에 따라 달라집니다.

예를 들어 정의로운 히어로나 용사 같은 주인공 캐릭터가 큰 장애에 맞서는 이야기라면 장점을 많이 넣고, 전형적인 악역이나 주인공의 성장을 보여주고 싶은 이야기라면 단점을 많이 추가합니다.

물론 성격이 나쁜 용사라도 재미있는 이야기라면 아무런 문제가 없습니다. 기본적으로 캐릭터가 매력적이라면 이야기는 어느 정도 재미있어집니다.

여기까지 정했다면 대략적인 성격은 완성되었을 것입니다. 이후에는 더 세세한 그 사람의 본바탕을 생각해 보세요. 구체적인 에피소드도 넣어서 만들어 봅시다.

인생을 어떻게 보내왔는가

에피소드란 무엇일까요? 이제까지 살아온 삶에서 일어난 사건을 말합니다. 성격은 타고나기도 하지만 어떤 사건으로 형성되기도 합니다. 어린 시절에 들렀던 귀신의 집 때문에 겁쟁이가 되었다든지 등 에피소드는 얼마든지 생각할 수 있습니다. 특별 사건 없이 하루하루 생활 습관에 따라 형성되기도 합니다. 주변에서 뭐든지 도와주는 탓에 만사가 귀찮은 사람이 되었다는 건 어떨까요?

캐릭터가 왜 그런 성격이 되었는지를 생각해보았으면 합니다. 우리도 이제까지 다양한 경험을 쌓으며 살아왔듯이, 캐릭터들도 이야기가 시작되기 전부터 살아오며 '자신'을 만들어가고 있는 것입니다. 이를 '배경'이라 합니다. 어떤 사건 혹은 생활 습관을 거쳐 형성된 성격일까요?

부모의 양육 방법도 성격 형성에 영향을 미칩니다. 부모가 엉성하면 아이도 엉성해요. 그게 올바르다고 느끼기 때문입니다. 반대로 부모가 엉성해서 고생했다면, 자신은 세세한 부분까지도 신경을 쓰는 성격이 되었다는 설정도 가능합니다.

이야기 속에서 변화하는 성격

자아가 싹튼 후 현재에 이르기까지 여전한 성격을 가진 사람은 많지 않을 겁니다. 다양한 일과 사람에게서 영향을 받아 무언가 변화를 겪기 때문입니다.

내성적이고 잘 웃지 않는 아이가 개를 키우기 시작하면서 웃게 되었다, 소중한 사람에게 배신당한 후 누구도 믿지 못하게 되었다, 크건 작건 당신도 겪을 법한 이야깁니다.

우선 큰 전제로, 이야기의 시작과 끝에서 캐릭터들에게 어떤 변화를 주면 좋습니다. 고민 해결, 정신적 성장, 목표 달성 같은 것들이죠. 변화가 없으면 이야기를 들어준 사람들이 이야기를 따라온 의미를 잃고 맙니다(일상물 등 일부 예외 있음).

기본은 마이너스에서 플러스로 바꾸는 것인데, 앞에서 이야기한 것처럼 잘 웃게 되어도 좋고, 낯가림이

완화된다는 정도도 괜찮습니다. 변화가 미미해도 OK라는 것이죠. 이야기 도중에 변화하는 경우는 플러스에서 마이너스로 변해도 좋습니다(최종적으로는 다시 플러스가 되는 등). '어둠의 세계'로 빠져드는 것도 지지층이 많은 정석적인 방법입니다.

공들여 만들수록 설득력이 높아진다

여태 설명한 것들을 다 생각해보는 일은 상당한 노력이 필요합니다. 그래도 이만큼 공을 들인다면 캐릭터의 언동이 자연스러워집니다. 비슷한 캐릭터를 만들기도 어려울 거예요.

성격을 나타내는 단어 예시

밝다(밝고 쾌활함), 솔직함, 느긋함(태평스러움), 온화함, 의협심이 있다, 어수룩함, 참견쟁이, 잘 보살펴 주는 사람, 긍정적, 소탈하고 익살스러움, 정직, 겸손, 잘 ~하는 사람(잘 웃는 사람, 잘 우는 사람 등), 낙관적, 적극적, 열심, 용감하다, 참을성 있는, 어둡다(음침함), 내성적, 엉성하다(털털함), 심술꾸러기, 고집불통, 게으름뱅이, 성질이 급하다(성급하다), 화를 잘 낸다, 난폭하다, 히스테리, 겁쟁이, 부정적(소극적), 이기적, 자기중심적, 뻔뻔함, 거짓말쟁이, 소극적, 무신경함, 우유부단함, 남의 비난이나 공격을 잘 견디지 못한다, 무사태평함, 마이페이스, 착실하고 꼼꼼함, 섬세하다, 기가 세다, 마음이 약하다, 걱정이 많다, 수다쟁이, 말이 없다(과묵), 쉽게 반한다, 눈물이 많다, 조심스럽다.

chapter

(5) 내면

이야기 속에서 '캐릭터다움'을 더욱 끌어내려면 무엇이 필요할까?
그들의 내면을 파헤쳐 보자.

앞에서 이야기한 성격에서는 인생의 사건에 의해 성격이 형성된다고 설명했습니다. 그리고 성격은 캐릭터의 언동을 통해 나타납니다. 이번 장에서는 성격을 비롯해 어떠한 요인에 의해 탄생하는 캐릭터의 언동을 '내면'이라 칭하며 정리해 소개합니다.

가치관

사물에 대한 평가나 선택을 할 때 발휘되는 것이 가치관입니다. 이혼의 원인 중 하나로 '가치관의 불일치(차이)'를 들어보셨을 겁니다. 가치관이 맞지 않으면 필연적으로 다른 평가나 선택을 하는 일이 많아지고 함께 생활하다 보면 서로 스트레스를 받습니다. 물론 부부 이외의 관계에서도 마찬가지라 할 수 있으며, 서로를 알아가는데 가치관은 매우 중요합니다.

캐릭터에게 묻는다

그렇다면 캐릭터의 가치관은 어떻게 결정하면 좋을까요? 가치관은 성격과 마찬가지로 다양한 종류가 있습니다. 정도의 차이를 근거로 하면 사람 수만큼 있다고 해도 과언이 아닙니다. 그렇다면 생각하기부터가 상당히 어려운 일이겠죠. 그래서 여기서는 캐릭터에게 질문하는 방법을 제안하고 싶습니다. 질문을 준비하고 캐릭터가 되어 답변을 만들어 가는 것이지요. 질문의 수가 많으면 많을수록 상세한 가치관을 창조할 수 있지 않을까요?

캐릭터가 될 때는 캐릭터의 성격을 고려합시다. 마음이 약한 캐릭터가 '폭력으로 사람을 지배해도 괜찮은가?'라는 질문에 'YES'라고 대답했다면 조금 부자연스럽다고 느낄 것입니다(확고한 이유가 있다면 문제없습니다). 가치관도 과거에 일어난 사건에 의해 확립되는 경우가 많습니다. 캐릭터 만들기를 할 때는 성격과 함께 가치관도 설정해 두면 효율적일 것입니다.

다른 세계의 가치관

가치관을 설정할 때 신경 썼으면 하는 것이 있습니다. 살고 있는 세계에 따라 가치관이 달라진다는 점입니다. 가치관은 상식이나 생활 환경에 따라서도 좌우됩니다. 현대 사회에서는 살인은 범죄이고, 의료의 발달로 인해 인간의 수명은 늘어났습니다. 누군가 급사한다면 놀랄 것입니다. 사람이 죽는다는 것에 그다지 내성이 없다고 해도 좋죠.

그런데 중세 유럽 같은 판타지 세계라면 어떨까요? 의료는 발달하지 않았고 위생 환경이 나쁘기 때문에 수명은 길지 않습니다. 또 몬스터가 나오는 세계라면 그 근처에서 사람이 살해당해도 그다지 이상한 일은 아닐 겁니다. 그런 사회와 현대 사회의 죽음에 대한 가치관이 과연 같을 수 있을까요? 생사뿐만 아니라 평소 생활에서도 다른 가치관을 가질 것입니다. 판타지 세계나 과거 · 미래에 사는 캐릭터의 가치관을 생각할 때는 '그곳에서 어떻게 살고 있는가'를 염두에 둡시다.

버릇

저는 전문학교의 소설학과에서 몇 가지 강의를 담당하고 있으며, 나름대로 많은 학생으로부터 다음과 같은 고민 상담을 받고 있습니다. '캐릭터 묘사에 무엇을 쓰면 좋을지 모르겠다'는 것입니다.

운동이나 싸움 등으로 몸을 움직이고 있으면 그 모습을 묘사하면 됩니다. 그러나 항상 움직이는 건 아닙니다. 누군가와 수다를 떨거나 혼자서 멍하니 생각하는 일도 있죠. 그럴 때는 이렇다 할 움직임이 없습니다. 그렇다고 또 생각해보면, 미동도 하지 않는 일도 없을 겁니다. 이야기하면서는 리액션이 나올 것이고, "음…"하며 고개를 갸웃거린다든지 하품을 하기도 합니다. 학생에게는 그런 자세한 몸짓을 묘사하면 좋다고 조언하고 있지만(이는 만화에서도 유용하다고 생각합니다), 그 외에 또 하나 추천할 것이 있습니다. 버릇을 적는 것입니다.

사람은 대개 어떠한 버릇을 가지고 있습니다. 알기 쉬운 것부터 아무런 티가 나지 않는 것까지, 버릇도 아주 다양하지요. 잘 알려진 것은 '거짓말을 할 때나 뒤가 켕기는 일이 있을 때 눈을 피한다 · 눈동자가 흔들린다', '무의식중에 머리카락을 만진다', '머리를 긁는다' 이런 것들이 있습니다. 이러한 버릇은 습관에 따라 몸에 배거나 감정이나 심층 심리에 의해 구현됩니다. 몸짓뿐만 아니라 말버릇을 설정하는 것도 캐릭터 만들기에서 추천하는 방식입니다. 반복적으로 같은 대사를 함으로써 캐릭터의 인상을 강화할 수 있습니다.

멘탈의 강도

학교생활이나 노동, 가정, 사람들과의 관계. 사람들은 도처에서 스트레스를 받고 있습니다. 정도는 사람마다 다르며 어떤 사람에게는 행복한 일이 다른 사람에게는 정신적 고통으로 느껴지는 경우도 있습니다.

이야기에서는 힘든 사건이나 어려운 장애물이 가로막는 경우가 많아서 캐릭터들도 크든 작든 정신적인 부담을 강요받습니다. 이때, 당신이 생각한 캐릭터는 그 정신적 부담을 어디까지 견딜 수 있을까요? 금방 꺾여 주저앉을까요, 아니면 일절 부담으로 느끼지 않을까요? 캐릭터에 따라 타격을 입는 강도에 변화를 주면 좋을 것입니다.

memo

chapter

(6)

능력

잘하는 일, 할 수 있는 일, 할 수 없는 일.
작은 것부터 큰 것까지 캐릭터들이 간직하고 있는 힘.

캐릭터의 능력이 뭐냐고 물으면 '초능력을 쓸 수 있다', '인간을 벗어난 운동 능력' 정도를 떠올리곤 합니다. 그러나 능력이란 특별한 힘만을 가리키는 게 아닙니다. 이 항목에서는 특별한 힘은 물론이고 일상생활에서도 발휘되는 능력을 소개합니다.

특수 능력 · 기능

판타지 요소가 들어간 이야기에서 중요 설정인 특수 능력(혹은 기능. 기술적인 능력). 앞에서 이야기한 초능력뿐 아니라 마법이나 텔레파시 등 보통 인간은 할 수 없는 일을 설정합니다. 초능력처럼 현실적으로 불가능한 능력뿐만 아니라 폭탄 처리 등 한정된 사람밖에 하지 못하는 일도 이 묶음에 넣으면 좋겠지요.

주의해야 할 점은 설정한 이상, 이야기에서 확실히 활용해야 한다는 것입니다. 마법을 보여주고 싶어서 주인공을 마법사로 설정한 것은 좋지만, 이야기 속에서 마법이 활약하지 않으면 '없어도 되는' 설정이 되고 맙니다. 특별한 힘은 그것만으로도 눈에 띄므로 받아들이는 사람이 맥 빠지지 않도록 합시다.

특기

특기도 훌륭한 능력입니다. 정도의 차이는 있지만 남보다 자신 있는 능력은 캐릭터 묘사를 더욱 풍부하게 해줍니다. 특수 능력과는 달리, 이야기와 직접 관계가 없어도 됩니다. 다만 작중에 슬쩍 묘사함으로써 캐릭터성이 돋보입니다. 예를 들어 여러 사람이 무언가(과제나 트러블 등)에 집중하게 되었을 때 특기에 따라서는 활약할 수 있습니다.

특기는 거창한 것만이 아니라 옆에서 보면 '별것 아닌 것'이어도 문제없습니다. 연필 돌리기나 빠른 거스름돈 암산 등 있어도 없어도 지장을 주지 않는 특기지만, 캐릭터와 어울린다고 생각했다면 설정합시다. 엄청난 특기는 캐릭터에 대한 동경으로 이어지지만, 약간의 특기는 친근감을 불러일으킵니다.

학력 · 지력 · 교양

머리가 돌아가는 속도에 따라 사람의 행동은 달라집니다. 적절한 언동이 가능한지, 판단은 빠른지, 제삼자를 배려하는지 등을 예로 들 수 있지요. 머리가 좋다고 하면 '공부를 잘한다'라는 게 먼저 떠오르겠지만, 공부만으로는 머리의 좋고 나쁨을 측정할 수 없습니다. 지혜가 있고, 재치가 있고, 다양한 것들을 알고 있거나 해야 합니다. 재치 있는 캐릭터는 곤경을 겪어도 어떤 해결의 실마리를 발견할 수 있을 것입니다.

박식한 캐릭터를 내놓는다면 작가에게도 지식이 있어야 합니다. 조사나 취재를 확실하게 합시다.

운동신경

'몸을 어디까지 움직일 수 있는가'라고 생각하면 됩니다. '스포츠는 잘하는가', '스포츠 중에서도 잘하는 것

과 못 하는 것이 있는가', '반사신경은 있는가', '체력은 좋은가', '몸은 유연한가' 등을 생각하면 좋습니다.

액션이나 전투가 등장하지 않는 이야기에서도 체력의 유무는 스토리 전개나 캐릭터성과 관련이 있습니다. 체력이 있으면 장시간 계속해서 움직일 수 있고 취미가 등산이 될 수도 있습니다. 반대로 체력이 없으면 여행에 장애가 될지도 모르고, 아주 짧은 시간만 강대한 힘을 발휘하고 그 후에는 힘이 빠진다는 설정도 만들 수 있습니다.

사교성

능력이라고 하기는 조금 애매할 수도 있겠지만, 여기서 소개합니다. 당신은 처음 만나는 사람과 이야기할 때 어떤 태도를 취하나요? 초면이란 것과 상관없이 싹싹하게 대화할 수 있나요? 약간 긴장하거나 낯을 가려 거의 대화를 못하진 않나요?

첫 만남이 아니더라도 타인을 만날 때의 태도는 사람에 따라 다릅니다. 캐릭터도 마찬가지입니다. 그 태도에 따라 스토리 전개가 달라질 수도 있으므로 정해두면 좋은 사항 중 하나입니다.

생활력

생활력이란 경제력을 가리키는데, 여기서는 일상생활을 보내는 데 필요한 가사 능력에 관해서도 함께 언급하려고 합니다.

캐릭터는 이야기를 진행하는 과정에서 일상생활도 하고 있습니다. 식사를 하고 잠을 자고 필요하다면 일을 해서 생활비를 벌고 집안일을 합니다. 당신의 캐릭터가 집안일을 잘한다면, 생활비는 어떻게 조달하고 있는지 생각해 두세요. 손해가 될 건 없습니다.

약점, 서투른 것

캐릭터를 만들 때는 '가능한 것'에 초점을 맞추기 쉽지만, 약점도 만들어 두면 인간미가 증가합니다. **'chapter 4 성격**'에서 알아본 것처럼 공감하기 쉬운 약점을 만들면 더 좋습니다. '수학을 잘하지 못한다'라든지 '높은 곳을 무서워한다'라면 어떨까요?

memo

chapter

(7) 좋아하는 것과 싫어하는 것 / 취미

세상에는 많은 게 있고
그것을 좋아하는 사람, 싫어하는 사람, 양쪽 다 아닌 사람으로 나뉜다.

좋아하는 것과 싫어하는 것? 가장 먼저 떠오르는 건 음식이 아닐까요? 요즘은 다양한 식재료를 접할 수 있고 외식 산업도 번창하고 있습니다. 당신도 좋아하는 것 한두 가지는 있을겁니다. 캐릭터도 마찬가지입니다. 확실하게 좋아하는 요리가 있어도 좋고, 단 것이나 매운 걸 좋아한다고 해도 좋습니다. 단 것을 좋아하는 사람과 매운 것을 좋아하는 사람은 어쩐지 캐릭터 이미지에 차이가 있어 보이지 않나요?

싫어하거나 꺼리는 음식도 설정해 둡시다. 그 음식이 나오면 캐릭터는 어떻게 대응할까요? 노골적으로 싫은 얼굴을 할지, 먹지 않고 남길지, 싫어하면서도 먹을지 생각해 봅시다.

좋아하는 것과 싫어하는 것은 음식만이 아닙니다. 색깔, 음악, 수업 과목, 장소, 의복, 동식물, 사람의 타입 등 다양합니다. 특히 색은 캐릭터의 외모나 의복과도 관련있기 때문에 좋아하는 색은 정해둡시다.

특별히 싫어하는 것이 없는 경우도 있을 텐데, 그때는 좋아하는 것만 정해도 OK입니다. 성격과 마찬가지로 왜 좋아하게 되었는지 그 이유도 가능하면 생각해 둡시다.

취미

맞선을 볼 때 가장 일반적인 질문 중 하나로 '취미가 무엇인가요?'가 있습니다. 자신이 좋아하는 것이라면 얼마든지 이야기할 수 있을 것이고 상대방도 질문을 던지면서 이야기를 풀어나가기 쉬우므로 맞선 자리에서는 딱 맞는 질문입니다. 게다가 상대방도 같은 취미를 가지고 있다면 마음이 맞을 가능성이 높습니다. 취미는 의외로 상대방을 파악하는 판단의 재료로써도 중요합니다. 기본적으로 생활에 재미를 주는 중요한 요소이니 캐릭터에도 꼭 설정해둡시다.

이때 주의할 점은 '어떻게 · 얼마나 깊이 빠져 있는지'까지 생각해야 한다는 것입니다. 예를 들어 야구 관전이 취미인 캐릭터가 있다고 칩시다. 야구라는 스포츠 자체만을 좋아하는지, 구단에 집착하는지, 좋아하는 선수가

있기 때문에 야구를 보는 것인지, 전술 분석하는 걸 좋아하는지 등 태도나 열정이 사람마다 다릅니다. 특히 열정의 정도는 매일의 생활과도 관련 있으므로 확실하게 정합시다.

memo

chapter

(8) 배경

과거가 있기에 지금이 있다.
캐릭터들은 어떤 인생을 살아왔을까?

배경이란

성격 항목에서 「**캐릭터들도 이야기가 시작되기 전부터 살아오며 '자신'을 만들어 가고 있습니다. 이를 '배경'이라고 합니다**」라고 기재했습니다. 이 항목에서는 배경에 대해 설명하겠습니다.

배경(backbone)은 원래 '등뼈'를 의미합니다. 이것이 인물의 생애를 나타내는 단어로 사용되고 있습니다(이외에도 디지털 용어나 비즈니스 상황에서 사용되기도 합니다. 궁금한 사람은 조사해 봅시다).

배경을 생각하는 이유

캐릭터들은 이야기 속에서 많은 선택을 거쳐 행동하거나 의견을 말합니다. 순간적으로 선택하는 경우도 있겠지만, 대개 성격이나 그동안의 경험을 토대로 결정할 것입니다. 즉, 이야기가 시작되기 전의 경험이나 사건도 생각해 두지 않으면 캐릭터의 언동을 정할 수 없거나 설정 오류가 발생하게 되는 겁니다. 로봇은 미리 설정해 두지 않으면 움직이지 않는다는 것을 떠올리면 이해하기 쉽습니다.

연표를 만들자

배경을 만들 때 가장 정리하기 쉬운 방법은 연표를 만드는 것입니다. 1년 단위로(여러가지 사건이 있는 해는 달마다 작성해도 좋습니다) 표를 만들고 캐릭터에게 있어서 인상적이거나 중대한 사건을 적어둡니다. 특별히 아무 일도 없는 해가 있어도 괜찮습니다. 캐릭터 설정의 근간이 되는 중대한 사건은 이미 생각해 둔 것도 많겠죠(능력이 개화한다, 소중한 사람을 잃었다 등).

인상적인 사건은, 캐릭터의 성격 형성과 관련 있을 것 같은 일을 생각해 봅시다. 당시에는 대수로운 일이 아니었다고 해도 왠지 계속 잊을 수 없는 사건도 괜찮습니다. 캐릭터에게 어떠한 영향을 미칠 것입니다. 어린 시절이라면 부모를 잃고 미아가 되거나, 학창 시절이라면 별난 클래스메이트와 하루 함께 놀았다거나, 부모님과 크게 싸웠다 같은 일을 떠올려 봅시다. 누군가(특히 길러준 부모)와 관련된 일로 벌어진 일은 강하게 인상에 남기 때문에 중점적으로 생각해 둡시다.

memo

chapter

9 생활 스타일

적을 쓰러트리고 난해한 사건을 해결하는 캐릭터에게도
일상의 생활이 있다.

캐릭터는 어떻게 지내고 있는가

이야기 속에서 캐릭터의 생활을 모두 그리진 않습니다(과거, 24시간 전부를 방송한 드라마가 화제가 되었을 정도로 드문 일입니다). 그런 일을 하면 전개가 엉망이 되기 때문입니다. 이야기의 전개와 관계없는 장면이 일상 파트로 등장하는 일도 있지만, 아주 일부분에 불과합니다. 그렇지만 캐릭터들이 평소 어떤 생활을 하는지 생각해 두는 것보다 작가에게 좋은 건 없습니다. 다음 두 가지 이유 때문입니다.

1. 생활 리듬과 스토리의 모순 · 무리를 만들지 않기 위해서

2. 은근한 묘사를 통해 캐릭터성을 보여주기 위해서

생활 리듬과 스토리

당신은 기상 시간과 취침 시간이 정해져 있나요? 학생이나 회사원이라면 정해진 시간에 집에서 나서야 하므로 평일에는 같은 시간에 기상알람이 울릴 겁니다. 취침도 다음날을 생각해 대체로 같은 시간에 취침할 거라고 생각합니다. 휴일 전날은 밤늦게까지 깨어있거나 알람을 설정하지 않고 자연스럽게 눈이 떠지는

시간까지 자는 사람도 있죠.

기상 · 취침만이 아니라 식사나 아르바이트, 무언가 배우는 것 등 시간이 정해져 있는 항목들이 적지 않습니다. 현대인에게 있어서는 어지간히 변칙적인 일을 하지 않는 한, 이 모든 것이 매일 반복이며 기분에 따라 달라지지는 않을 겁니다.

여기서 예를 들어보겠습니다. 겉으로 보기에 평범한 고등학생인 주인공이 정체를 숨기고 괴물을 쓰러트리는 이야기가 있다고 칩시다. 괴물의 등장은 규칙성이 없고 대낮이든 심야든 상관없이 출현합니다. 주인공은 자신의 정체를 들키지 않도록 주의해야 하는데, 수업 중에 괴물이 나타난다면 어떻게 해야 할까요? 매번 잘 둘러대서 "배가 아파서 잠깐 양호실 좀…" 하고 수업을 빠져나올까요? 또는 계속 심야에 괴물이 나타난다면 수면 부족을 피할 수 없을 것이고, 주인공은 사생활에 막대한 영향을 받게 되겠지요.

이러한 힘든 이중생활을 그린 작품도 있지만, 모순이 생기지 않아야 합니다. 그런데 주인공의 체력을 무시하고 강인한 얼굴로 괴물과 매번 싸우고 있다면 이야기가 다릅니다. 주인공에게도 일상생활이 있으니까요.

그 밖에도 정해진 요일에 아르바이트나 무언가 배우러 간다고 설정한 경우, 그 요일에 다른 용무를 넣을 수 없습니다. 제대로 확인해 두지 않으면 '이날은 아르바이트를 가는 날인데 사건을 해결하느라 분주하다' 같은 일이 일어날 가능성도 있으므로 일주일간의 일정을 확실하게 정해서 적어 둡시다.

은근한 묘사

당신의 캐릭터는 아침 식사를 하나요? 현대 사회에서는 식욕이 없거나 아슬아슬한 시간까지 잔다거나 해서 아침밥을 거르는 사람도 적지 않습니다. 기상 시간을 빠르게 설정할지, 늦게 설정할지로 그 캐릭터의 성향을 엿볼 수 있습니다. 위에서 이야기한 대로 아침 식사의 여부도 그렇고, 자고 일어났을 때 상태가 좋은지 나쁜지도 알 수 있는 셈입니다. 취침 시간이 빠른지 늦은지로도 왠지 모르게 캐릭터성의 차이가 보이기 시작할 것입니다. 늦게 잠드는 캐릭터는 무엇을 하는지(공부, 게임, 영화감상 등)도 생각해 둡시다.

습관

당신은 매일 하는 일이 있습니까? 운동 부족 해소나 다이어트를 위해서 근력 트레이닝이나 스트레칭을 매일 한다든지요. 이외에도 러닝, 인터넷 서핑 등 너무 많아서 일일이 셀 수가 없습니다.

캐릭터들에게도 무언가 습관을 설정해 둡시다. 그 습관을 묘사함으로써 캐릭터의 인간미가 깊어집니다. 판타지 세상에서도 자신의 도구를 유지보수하거나 일기를 쓰거나 하면 좋을 것입니다.

소지품

캐릭터의 센스나 취미는 복장이나 머리 모양뿐만 아니라 소지품으로도 나타낼 수 있습니다. 현대라면 스마트폰 케이스가 떠오릅니다. 기능성만 중시한 심플한 디자인이나 기분이 좋아질 것 같은 화려한 디자인 등, 캐릭터마다 생각해 봅시다.

평소에 사용하는 가방에 무엇을 넣어서 다니는지를 통해서도 인품을 엿볼 수 있습니다. 가볍게 다니기 위해

최소한의 물건만 들고 다니거나(지갑과 스마트폰뿐인 사람도 있습니다), 외출한 곳에서 트러블에 바로 대응할 수 있도록 온갖 물건을 가지고 다니거나 합니다. 가방 속에 여러 장의 부적이 있을지도 모르죠. 어떤 가방을 사용하는가도 생각해 두면 좋습

니다. 비싼 브랜드 가방인지, 물건이 들어가면 어떤 가방이든 상관없다고 생각해서 광고 증정품인 가방을 사용하는지.

스마트폰 케이스와 마찬가지로 기능성과 디자인성 중 어느 쪽을 중시하느냐에 따라 캐릭터성이 달라집니다.

memo

chapter

(10) 캐릭터를 교류시키자

혼자일 때와 누군가와 함께일 때, 캐릭터는 다른 얼굴을 보여준다.
캐릭터들을 교류시켜 보자.

이제까지 캐릭터를 만들 때 생각해두어야 할 요소를 소개했습니다. 요소는 이외에도 있지만, 이것들을 채워두면 캐릭터의 인물상이 상당히 확실해질 것이라 생각합니다. 세세한 부분이 도저히 생각나지 않을 경우는 큰 틀만 정해둡시다. 시간은 한정되어 있으므로 일단락 짓는 타이밍도 중요합니다.

겹치는 캐릭터는 없는가?

등장인물 혼자만의 이야기는 거의 없습니다. 주인공에다 추가로 여주인공이나 라이벌, 적 등이 등장하고 교류함으로써 이야기가 진행됩니다. 즉, 이야기에 등장하는 캐릭터 전원을 살펴보고 균형을 잡을 필요가 있습니다.

얼핏 보고 알 수 있는 건 외형입니다. 다른 캐릭터가 같은 머리 모양이나 머리색을 가졌다면 구별이 된다 해도 캐릭터의 인상은 흐릿해집니다. 형제나 쌍둥이라서 같은 부분이 있다는 설정이어도 적어도 조금의 차이는 줍시다.

학원물에서는 대부분 교복을 입기 때문에 복장만으로는 차별화하기 어렵습니다. 옷차림이나 소품 등에서 차이를 보여줍시다.

성격도 비슷해지지 않도록 합시다. 대략적인 성격을 정할 때 메인 단어가 겹치지 않았는지 확인합시다. 두 개 중 하나가 같은 정도라면 괜찮지만, 서브를 전혀 다르게 하는 등의 배려는 합시다. 또 3명 이상의 메인 성격이 같다면 한 명은 다른 성격으로 변경합시다.

캐릭터의 화학 반응

캐릭터의 성격을 왜 여러 가지로 분산시키라고 할까요? 외모와 마찬가지로 인상이 흐릿해지기 때문도 있지만, 캐릭터들의 성격이 다른 편이 이야기가 재밌기 때문입니다. 예를 들어 성격이 급한 캐릭터와 느긋한 캐릭터가 함께 사건을 해결하는 이야기에서는 아마 다툼이 벌어지게 될 겁니다. 그 다툼을 극복하고 사건을 해결하는 것이 더 흥분되는 것이지요.

주요 캐릭터들을 만들었다면 교류시켜 봅시다. 짧은 이야기를 만들어도 좋고 상황을 설정해 캐릭터가 어떤 언동을 하는지 시뮬레이션해도 좋습니다. 혼자일 때와는 다른 얼굴을 보여줄 것입니다.

memo

PART
2

캐릭터 창작 노트

여기서부터는 실제 작품 만들기에 들어갑니다.
판타지 장르를 포함해 5명의 캐릭터 템플릿을 준비했습니다.
생각나는 항목은 적어두고 느낌이 오지 않는 항목은
PART 3을 참고하면서 생각해 봅시다.

현대 학생 1

대부분의 사람이 경험하는 학생이라는 신분.
사용할 수 있는 돈은 적겠지만, 비교적 자유로운 생활이 가능할지도 모릅니다.
초등학생, 중학생, 고등학생, 대학생, 각각 어떤 식으로 생활하고 있을까요?

이야기를 창작해 본 사람이라면, 학생이 주인공인 이야기를 생각해봤을 거예요. 대부분 사람이 경험한 적 있기 때문에 비교적 만들기 쉬운 캐릭터입니다. 그래서 이 책에서도 가장 처음에 템플릿을 두었습니다. 만들기 쉽다고는 하지만 주의해야 할 점이 많습니다. 특히 성인이라면 함정에 빠질 수 있으므로 잘 살펴봅시다.

현대 학생과의 차이

학생 신분을 벗은 지 몇 년인가요? 현역 학생이라면 문제없지만, 졸업한 지 오래된 경우라면 자신의 학창 시절을 그대로 그려선 안 됩니다. 시대는 어지럽게 변하고 있습니다. 학생 생활은 물론이고 수험이나 아르바이트 사정, 친구나 연인을 사귀는 방법 등도 당신이 학생이던 시절과는 달라졌습니다.

특히 지금은 SNS가 성행하고 있어서 학창 시절을 핸드폰으로 보낸 사람과는 광경이 사뭇 다릅니다. 그 시절의 감각대로라면 설정 오류가 있는 캐릭터를 만들어 버릴지 모릅니다(물론 핸드폰 시대의 이야기를 만들고 싶다면 상관없겠죠). 가능하다면 아는 현역 학생에게 이야기를 듣고 현대의 학생들은 어떻게 지내고 있는지 조사하면 좋겠습니다.

퍼스널 데이터

요즘 학생의 감각을 파악하는 것에 주의하며 설정을 만들어 갑시다. 우선은 퍼스널 데이터입니다. '이야기에서의 입장'에는 '주인공', '여주인공', '라이벌' 같은 이야기 속 포지션을 넣읍시다. '소속'은 부활동이나 위원회, 학생회 등에서 활동한다면 적어둡시다. '신앙'은 종교를 상정하고 있지만 '평생 따를 것이라고 믿고 있는 사람이 있다'라는 개인적인 신앙이나 집착에 가까운 설정을 써넣어도 좋습니다.

외모

적정한 키나 몸무게를 모르겠다면 설정한 연령의 평균값을 알아봅시다. 거기서 더 크게 설정할지, 작게 설정할지를 캐릭터성을 감안해 결정하면 좋습니다. 인상 전체를 정하기 어렵다면 특징적인 부분을 꼽아두기만 해도 됩니다. 예를 들어 처진 눈이나 반듯하고 오똑한 콧날 등과 같은 식입니다. 복장은 교복을 입고 있는 일이 대부분이겠지만, 사복도 생각해 보면 캐릭터성에 차이가 나타납니다.

memo

p.125

이름		이야기에서의 입장	
나이		성별	
학년		소속	
생일		혈액형	
출신지		현재 사는 곳	
가족 구성		신앙	

외모

키		체중	
체형		피부색	
머리 모양		머리카락 색	
눈동자 색		신체적인 특징 (상처 등)	
인상/표정			
의복			

몸 상태

체질	
지병	

특수설정(특별한 능력이나 기능)

현대 학생 ②

건강 상태

건강한 상태라면 체질도 지병도 '없음'이라고 써두면 OK입니다. 감기에 잘 걸리거나 알레르기가 있거나 무언가 몸에 이상이 있다는 설정을 하고 싶다면 써둡시다. 몸의 이상까지는 아니어도 '간지럼에 약하다' 등과 같은 몸의 특징을 써도 재미있습니다.

특수 설정

현대 판타지물에서 초능력을 사용한다면 여기에 써둡시다. 캐릭터의 꽃이 되는 설정이므로 초능력 하나라도 구체적으로 어떤 힘인지 상세하게 생각합시다.

비현실적인 능력은 등장하지 않는 이야기라고 해도 일반 학생은 가지고 있지 않은 능력(해외에서 월반했다, 올림픽에 출전했다 등)이 있다면 여기 써둡시다.

성격

PART 1에서 설명한 대로 우선은 대략적인 성격을 설정해 둡시다. 25페이지에 성격을 나타내는 단어 예시를 게재하고 있으므로 참고하시기 바랍니다. 우선 성격 형성 에피소드를 생각하고 나서 설정해도 상관없습니다.

학생은 학교에서 일어난 일이나 친구 사이에서, 인생을 좌우할 충격적인 체험을 해도 이상하지 않습니다. 그것이 성격 형성과 관련 있을 수도 있겠지요. 어린 시절뿐만 아니라 현재의 에피소드를 생각해도 좋습니다.

내면

PART 1에서 설명한 것 이외에도 몇 가지 항목을 설정했습니다. 각각 캐릭터의 인간성을 더욱 인상적으로 표현하는 데 도움이 되도록 준비한 것입니다.

예를 들어 좌우명을 정해두면 캐릭터의 사고방식이나 언동이 흔들리지 않고 견고해지기 쉽습니다. '참고 견디면 복이 온다'를 좌우명으로 하고 있다면, 참을성이 강한 캐릭터를 떠올리기 쉽습니다. 목표는 장래의 꿈이나 지향하는 것을 생각합시다. 학생이라면 '장래 희망을 발견하지 못했다'라는 설정도 리얼리티가 있습니다.

능력

52페이지에 있는 템플릿에서는 캐릭터의 능력을 정리할 수 있도록 했습니다. 몇 가지 항목으로 나눴으므로 각자 생각해 봅시다. 학생이라면 생활력(가사 능력)은 부모님이 도맡으니 별로 없지 않을까요? 아니면 어렸을 때부터 집안일을 도왔기 때문에 잘할까요?

배경

일어난 주요 사건을 나이별로 적어 넣읍시다. 남이 보기에 별일 아니어도 자신에게 큰일이었다면 적어둡시다.

수집하는 물건은 캐릭터의 기호가 반영됩니다. 반대로 물건을 소유하지 않는 스타일도 있습니다. 가족에 대한 태도나 생각도 캐릭터성을 나타냅니다. 학생이라면 반항기가 있어도 이상하지 않습니다.

성격 , 내면

대략적인 성격	메인 ( ) ( ) 서브 ( ) ( ) ( )
성격 형성의 에피소드	
상세한 성격	
가치관	
좌우명	
버릇	
고집하는 것	
양보할 수 없는 것	
목표	
멘탈의 강함	
생리적으로 받아들이지 못하는 것	

p.127

능력	
좋아하는 것 (취미)	
잘하는 것 (특기)	
잘 못하는 것 / 약점	
도저히 할 수 없는 것	
학력	
지력(지식)	
자격 / 전문지식	
운동신경	
사회성 / 사교성	
생활력	

p.128

이제까지 일어난 주요 사건

세	
세	
세	
세	
세	
세	
세	
세	
세	
세	

이제까지 얻은 것

학력	
병력	
저금(세뱃돈을 어떻게 하고 있는가)	
수집하는 것	

가족과의 관계

함께 산다면 얼마나 얼굴을 맞대며 대화하는가?	
따로 산다면 얼마마다 고향을 찾아가는가?	
사별했다면 가족을 어떻게 생각하는가?	

현대 학생 3

생활 사이클과 스타일

평일과 휴일로 나누어 써넣을 수 있는 칸을 준비했습니다. 문자판만 있는 시계 그림은 24시간으로 눈금을 구분하고 있으므로 몇 시에 어떤 것을 하고 있는지 써넣읍시다. 평일은 학교에 가고, 방과 후에는 부활동을 하거나 학원을 가거나 아르바이트에 힘쓰고 있는 경우가 있겠지요. 휴일이 되면 시간을 잡아먹는 일정이 사라져서 수면시간이나 식사 횟수에 편차가 생길지도 모릅니다.

생활 스타일에는 습관이 있으면 적어둡시다. 매일의 습관으로는 근력 트레이닝이나 스트레칭, SNS 등을 가정하고 있습니다. 반려동물이 있다면 산책도 있죠. 정기적인 습관은 정해진 요일에 행하고 있는 일(아르바이트나 배우는 일 등)이나 월에 1회 가는 장소(쇼핑이나 노래방, 조부모 댁 방문 등)를 생각할 수 있습니다.

자택의 형태도 정해둡시다. 배경을 설명할 때나 실내를 묘사할 때 도움이 됩니다. 여유가 있다면 방배치도 어느 정도 생각해 두면 좋습니다.

소지품

학생이 평소 가지고 다니는 것은 가방입니다. 교과서 외에 어떤 물건을 넣어 두었을까요? 현대에는 스마트폰이 필수일 것이고, 외모에 신경 쓰는 캐릭터라면 화장품을 넣은 파우치가 있을 겁니다. 가방 사이즈에 따라서 넣을 수 있는 물건이 한정되기 때문에 항상 소지할 물건도 선별해 둡시다. 아끼는 것은 가지고 다니는 것뿐 아니라 집에 장식하고 있어도 OK입니다. 어릴 때부터 소중히 여기던 인형이나 친구와 함께 산 물건 등 추억이 담긴 물건이 해당하겠지요.

좋아하는 것과 싫어하는 것

다음으로는 좋아하는 것과 싫어하는 것, 그리고 일문일답 템플릿을 준비했습니다. 모두 채우는 게 쉽진 않겠지만, 캐릭터에 대한 이해가 깊어지므로 꼭 도전해 봅시다.

우선은 좋아하는 것과 싫어하는 것부터 살펴봅시다. 각 장르에서 좋아하거나 마음에 드는 것, 혹은 싫어하거나 무관심한 것을 적어 넣읍시다. 장소라면 '근처의 공원이 마음에 든다', '사람이 많은 곳은 불편하다'라는 식입니다.

'꽃은 전혀 분간할 수 없다'라고 관심이 없는 장르도 있을 것이고 '스포츠라면 어떤 경기든 즐겁게 볼 수 있다!'라고 싫어하는 게 없는 장르도 있을 것입니다. 이때 한쪽은 공백 상태로 두어도 상관없습니다. 가능하다면 왜 좋아하는지 혹은 왜 싫어하는지 그 이유도 적어봅시다.

일문일답

일문일답은 이제까지의 템플릿에서는 적어넣을 수 없었던 세세한 질문 사항을 모았습니다. 이외에도 자신이 생각한 질문이 있다면 자꾸 추가합시다. 여러 캐릭터의 답변을 비교했을 때 차이가 생기도록 합시다.

memo

p.129

하루의 생활 사이클

평일

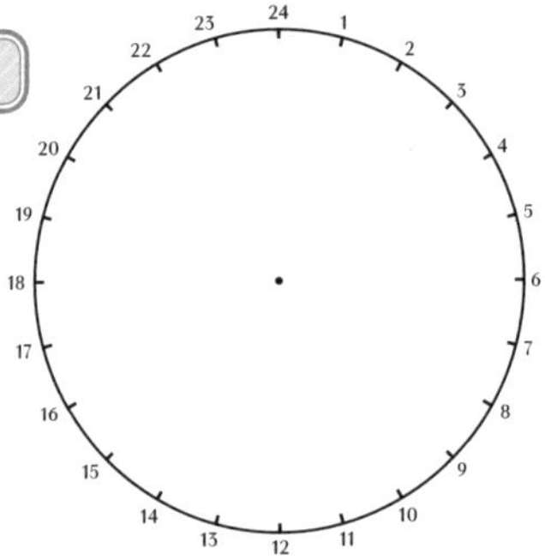

휴일

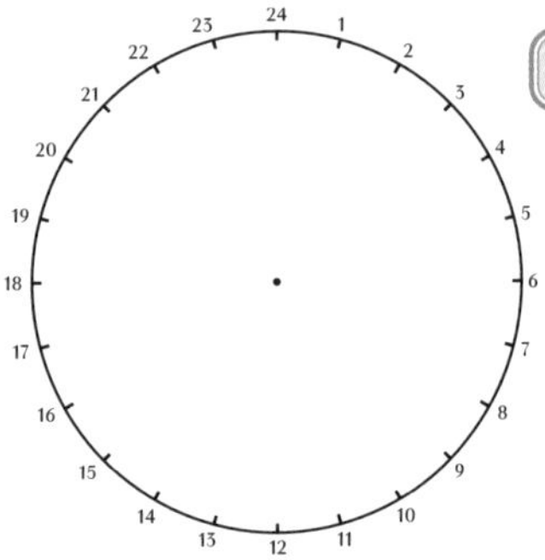

생활 스타일

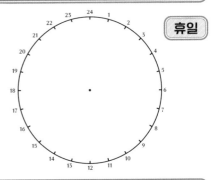

아침형 or 저녁형	평일:	휴일:
수면시간	평일:	휴일:
식사 횟수	평일:	휴일:
식사 내용	평일:	휴일:
매일의 습관		
정기적인 습관 (아르바이트나 배우는 것 등)		
자택의 형태	단독주택 / 공동주택 / 아파트 / 그 외( )	

소지품

가방의 내용물	
평소에 소지하는 것	
소중하게 여기는 것	

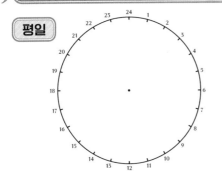

p.130

현대 학생 | 좋아하는 것과 싫어하는 것

	좋아하는 것 / 마음에 드는 것	싫어하는 것 / 잘 못하는 것 / 무관심한 것
물건		
사건 · 일어난 일		
장소		
가게		
시설		
음식		
음료		
색		
계절		
날씨		
더위 / 추위		
의복		
말		
사람의 타입		
연애 감정을 품는 유형		
공부		
동물		
꽃 / 식물		

p.131

현대 학생 | 좋아하는 것과 싫어하는 것		
소설		
만화 · 애니메이션		
영화 · 드라마		
게임		
음악		
TV 프로그램		
그림		
스포츠(플레이)		
스포츠(관전)		
도박		
오락		
브랜드		
전자기기		
SNS		
어린이		
또래		
연상		
고령자		
집안일		
자신에 대한 것		

p.132

현대 학생 | 일문일답	
음식 먹는 속도는 빠른가?	
음료는 따뜻한 것/차가운 것?	
좋아하는 음식을 먼저 먹나?	
스마트폰은 무슨 색?	
비싼 물건을 살 때 사전 조사는 얼마나 하나?	
구매 시 제일 고려하는 것은? (가격, 기능 등)	
절약하는 타입인가?	
저금은 하나?	
돈은 어디에 쓰는지? / 무얼 아끼는지?	
단순한 작업은 힘들어 하나?	
잠들 때는 어떤 모습인가?	
잠버릇은?	
친구와 놀고 싶을 때 먼저 권유하나?	
모임에서 총무를 맡을 수 있는지?	
일(아르바이트 및 학교)은 잘하는지?	
인도어파? 아웃도어파?	
무인도에 가져가고 싶은 한 가지는?	
학교행사, 자발적인 참여도는 어떠한지?	
운동회/문화제 어느 쪽을 좋아하는지?	
말을 하는 편인지, 듣는 편인지?	

p.133

현대 학생 | 일문일답

점술을 믿는지?	
본인만의 징크스가 있는가?	
생활 속 루틴은 있는지?	
부모님 생신에 어떻게 축하하는지?	
서프라이즈를 좋아하나?	
기계를 잘 다루는지?	
외모가 잘생겼나?	
거짓말은 잘하는가?	
얼굴에 감정이 드러나는 타입?	
땀을 많이 흘리나?	
병원은 싫어하는지?	
옷차림에 많은 신경을 쓰는지?	
현금파? 캐시리스파?	
멀미는 하는지?	
친구가 싸우고 있다면 중재하는지?	
손재주가 있는가?	
앞뒤를 생각하는 타입?	
약속 시간 전에 도착하는지?	
스스로 리더가 되려 하는지? 추천에만 응하는지?	
살면서 가장 놀란 일은?	

현대 사회인 1

사회에 나온 캐릭터들은 어린 시절에 상상하던 어른이 되었을까요?
하고 싶은 일을 하고 있나요? 즐거운 인생을 보내고 있나요?
아니면 어른이 된 지금도 꿈을 좇고 있나요?

학생 다음은 현대 사회인입니다. 창작을 하면서 일을 병행하는 사람도 많다 보니 비교적 만들기 쉬운 캐릭터가 아닐까요. 하지만 어느 정도 생활 사이클의 공통 인식이 있는 학생에 비해 사회인은 어떤 일을 하고 있는가에 따라 환경이 완전히 달라집니다.

옛날에는 회사에 근무하는 직장인이 사회인의 정석이라고 여겨졌지만, 다양화된 현대에서는 그런 이미지를 품은 사람은 별로 없을 겁니다.

일하는 사람의 패턴

캐릭터가 일을 하는 경우, 직업 외에도 정해두어야만 하는 것이 있습니다.

- 직업(직종)
- 직급(평사원인가, 다른 직함을 가지고 있는가)
- 근무 시간(8시간 근무인가, 단축 근무인가)
- 근무 형태(주간 근무인가, 야간 근무인가)
- 근무지(회사인가, 자택인가)
- 휴일(달력대로인가, 근무 스케줄에 따라 비정기적인가)

이들 조합에 따라서 캐릭터의 생활은 크게 달라집니다. 최근에는 세계 규모의 감염증도 있어서 출근하지 않고 재택근무로 전환한 곳도 많습니다.

좋아하거나 동경하는 직업에 캐릭터를 근무시키는 것도 창작의 묘미 중 하나이긴 하지만, 아무것도 모르는 채라면 이상한 묘사를 하게 될 가능성이 있습니다. 최대한 조사합시다.

사회인이란

'노동을 하는 사람'이라는 인상이 있지만, 정의는 그렇지 않습니다. 사회를 구성하는 사람을 가리킵니다. 예를 들어 전업주부도 사회인에 포함됩니다. 학생 이외의 현대인들은 이 템플릿으로 캐릭터를 만들어 봅시다.

가족 구성, 복장

가족 구성은 자기 집에 있는 사람들을 적읍시다. 본가를 나와 혼자 살고 있을지도 모르고 결혼했다면 아내나 자식이 있거나 어느 한쪽의 부모와 동거하는 패턴도 있을 수 있습니다.

복장은 일을 하고 있는 날과 휴일로 나누어 생각하면 좋습니다. 재택근무를 하거나 개인사업자라면 차이가 없겠지요. 고소득자라면 옷에 많은 돈을 들이고 있을지도 모릅니다.

memo

p.134

이름		이야기에서의 입장	
나이		성별	
직업		입장(직무)	
생일		혈액형	
출신지		현재 사는 곳	
가족 구성		신앙	

외모

키		체중	
체형		피부색	
머리 모양		머리카락 색	
눈동자 색		신체적인 특징 (상처 등)	
인상/표정			
의복			

몸 상태

체질	
지병	

특수설정(특별한 능력이나 기능)

현대 사회인 2

건강 상태

어린 시절에는 건강한 우량아였던 사람이 어른이 되면 몸 상태가 나빠지는 것도 이상한 일만은 아닙니다.

매일 일을 하다 보면 좀처럼 운동할 시간을 내기 어려워서, 운동 부족이 되는 현대 사회인도 많습니다. 겉으로는 지장 없이 일상생활을 보내고 있는 사람이라 해도 병원에 다니고 있거나 매일 약을 먹거나 하는 경우도 있습니다. 병원 신세를 지지 않더라도 사무직이라면 어깨 결림과 허리 통증으로 고민하거나 나이가 들면서 관절 통증이 생길 겁니다.

몸에 관한 고민이 없는 사회인은 거의 없으므로 당신이 만든 캐릭터에게도 무언가 몸의 이상을 설정하면 현실감이 증가할 것입니다.

가치관, 좌우명

어른이 되어 다양한 사람을 만남으로써 어린 시절과는 다른 사고방식을 갖게 되는 일도 적지 않습니다. 그 경험이 가치관이나 좌우명에 반영됩니다.

좋아하는 일(취미)

일에 쫓기는 사회인은 좀처럼 좋아하는 일을 할 시간을 내기 어렵습니다. 그렇기 때문에 취미를 가지고 재충전하는 것이 더욱 중요합니다. 생활에 어려움이 없다면 약간 돈이 드는 취미도 좋을 것입니다.

사회성 / 사교성

혼자서 하는 일은 거의 없습니다. 단독으로 일하고 있다고 해도 클라이언트와 소통해야만 하고 다른 부서에서 도움을 받는 일이 있을 겁니다.

당신의 캐릭터는 어떤 일을 하고 있으며, 그 일을 견딜 수 있는 사교성은 가지고 있겠지요?

생활력

혼자 살 때 필수인 것이 생활력입니다. 일을 하면서 식사나 세탁 등의 집안일을 스스로 해야만 합니다. 현대에는 이를 돈으로 해결할 수도 있습니다. 식사는 외식으로 해결하면 되고 택배 서비스도 있습니다. 청소도 가사 대행 서비스를 사용할 수 있겠지요. 고된 업무에 시달리는 고소득 캐릭터라면 이런 번거로운 작업을 모두 부탁할 수도 있습니다.

이제까지 일어난 주요 사건

어른이 되면 어린 시절이 떠오르지 않을 때가 있습니다. 그러나 기억은 없어도 잠재의식이 그 사건을 기억하고 있어서 성격에 반영되거나 거부반응을 일으키기도 합니다. 캐릭터 자신에게 기억이 없어도 인생에서 중요한 사건이라면 적어둡시다. 어른이 되고나서야 중요하게 작용하는 일이 많아질지 모릅니다.

memo

p.135

성격 , 내면	
대략적인 성격	메인 (　　　　　　　　) (　　　　　　　　) 서브 (　　　　　　　　) (　　　　　　　　) (　　　　　　　　)
성격 형성의 에피소드	
상세한 성격	
가치관	
좌우명	
버릇	
고집하는 것	
양보할 수 없는 것	
멘탈의 강함	
생리적으로 받아들이지 못하는 것	

p.136

능력	
좋아하는 것 (취미)	
잘하는 것 (특기)	
잘 못하는 것 / 약점	
도저히 할 수 없는 것	
학력	
지력(지식)	
자격 / 전문지식	
운동신경	
사회성 / 사교성	
생활력	

p.137

이제까지 일어난 주요 사건	
세	
세	
세	
세	
세	
세	
세	
세	
세	
세	

이제까지 얻은 것	
학력	
병력	
저금	
수집하는 것	

가족과의 관계	
함께 산다면 얼마나 얼굴을 맞대며 대화하는가?	
따로 산다면 얼마마다 고향을 찾아가는가?	
사별했다면 가족을 어떻게 생각하는가?	

현대 사회인 ③

생활 사이클

정해진 시간대에 일하고 있다면 평일과 휴일 생활의 차이는 학생과 크게 다르지 않을 것입니다. 휴일은 적극적으로 보낼지, 집에서 느긋하게 지낼지로 나뉠 듯합니다.

한편 밤에 일하거나 프리랜서라 일하는 시간이 구체적으로 정해져 있지 않은 사람도 있습니다. 프리랜서로 일하는 사람 중에서는 확실한 휴식을 마련하지 않은 패턴도 있을 수 있겠지요. 온-오프의 전환이 되지 않아 스트레스가 쌓인 사람도 많을 것 같습니다.

생활 스타일

사회인의 습관으로 대중적인 것은 운동이나 스트레칭이겠지요. 아무래도 운동 부족이 되기 쉬우므로 헬스장에 다니거나 집에서 동영상을 보면서 운동하는 습관을 들이는 사람도 많을 겁니다. 미용에 신경 쓰는 캐릭터라면 스킨케어도 게을리하지 않습니다.

일을 하면서 창작도 하는 사람은 일이 끝나고부터 취침하기 전까지 창작 활동에 시간을 할애하겠지요. 평일에는 조금밖에 하지 못하지만, 휴일에는 전념할겁니다. 자격증 취득을 위한 공부도 비슷한 방법으로 몰두하는 것입니다.

소지품

가방 속에는 생활필수품 외에 업무 도구도 들어있을 것입니다. 근래에는 스마트폰으로 관리하는 사람도 많지만, 다이어리에 업무 스케줄을 적어두는 사람도 여전히 많습니다.

그 다이어리도 콤팩트한 것부터 365일 사용할 수 있는 두꺼운 것까지 여러 종류가 있습니다.

좋아하는 것과 싫어하는 것

나이를 먹어가며 취향은 변하기 마련입니다. 대표적인 것이 음식으로, 점차 미각이 변해 싫어했던 것이 좋아지기도 합니다. 이런 점까지 포함해서 생각해 보아도 좋겠지요.

또 정도의 차이는 있겠지만, 생산 활동으로 인해 자본이 늘어 전보다 돈을 자유롭게 사용할 수 있으므로 의복이나 브랜드, 전자기기(스마트폰이나 태블릿 PC 등) 등에 나름대로 투자를 하는 사람도 드물지 않습니다.

일문일답

학생 캐릭터와 마찬가지로 상세한 질문을 다룹니다. 묘사할 때 도움이 되는 것도 있을 것이니 확실하게 생각합시다.

memo

p.138

하루의 생활 사이클

평일

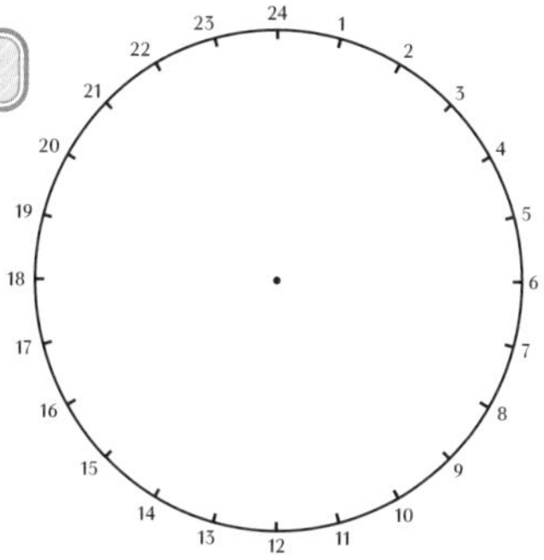

휴일

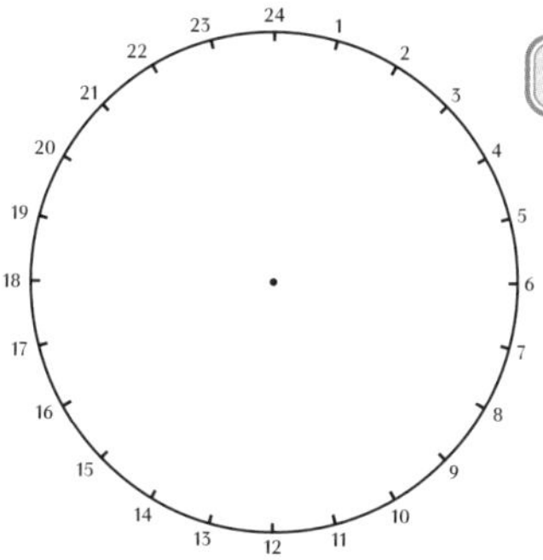

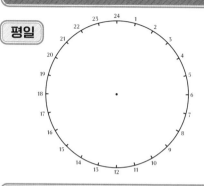

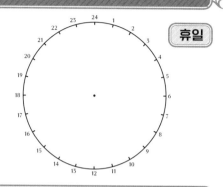

아침형 or 저녁형	평일:	휴일:
수면시간	평일:	휴일:
식사 횟수	평일:	휴일:
식사 내용	평일:	휴일:
매일의 습관		
정기적인 습관 (학습 등)		
자택의 형태	단독주택 / 공동주택 / 아파트 / 그 외(　　　)	

가방의 내용물	
평소에 소지하는 것	
소중하게 여기는 것	

p.139

현대 사회인 | 좋아하는 것과 싫어하는 것

	좋아하는 것 / 마음에 드는 것	싫어하는 것 / 잘 못하는 것 / 무관심한 것
물건		
사건 · 일어난 일		
장소		
가게		
시설		
음식		
음료		
색		
계절		
날씨		
더위 / 추위		
의복		
말		
사람의 타입		
연애 감정을 품는 유형		
공부		
동물		
꽃 / 식물		

p.140

현대 사회인 | 좋아하는 것과 싫어하는 것

소설		
만화		
애니메이션		
영화 · 드라마		
게임		
음악		
TV 프로그램		
그림		
스포츠(플레이)		
스포츠(관전)		
도박		
오락		
브랜드		
전자기기		
SNS		
어린이		
또래		
연상		
고령자		
집안일		
자신에 대한 것		

p.141

현대 사회인 | 일문일답	
음식 먹는 속도는 빠른가?	
음료는 따뜻한 것/차가운 것?	
좋아하는 음식을 먼저 먹나?	
스마트폰은 무슨 색?	
비싼 물건을 살 때 사전 조사는 얼마나 하나?	
구매 시 제일 고려하는 것은? (가격, 기능 등)	
절약하는 타입인가?	
저금은 하나?	
돈은 어디에 쓰는지? / 무얼 아끼는지?	
단순한 작업은 힘들어 하나?	
잠들 때의 모습은 어떤가?	
잠버릇은?	
친구와 놀고 싶을 때 먼저 권유하나?	
모임에서 총무를 맡을 수 있는지?	
일(아르바이트 및 학교)은 잘하는지?	
인도어파? 아웃도어파?	
무인도에 가져가고 싶은 한 가지는?	
술을 얼마나 마실 수 있나?	
술에 취하면 어떻게 되는가?	
말을 하는 편인지, 듣는 편인지?	

p.142

현대 사회인 | 일문일답

점술을 믿는지?	
본인만의 징크스가 있는가?	
생활 속 루틴은 있는지?	
부모님 생신에 어떻게 축하하는지?	
서프라이즈를 좋아하나?	
기계를 잘 다루는지?	
외모가 잘생겼나?	
거짓말은 잘하는가?	
얼굴에 감정이 드러나는 타입?	
땀을 많이 흘리나?	
병원은 싫어하는지?	
옷차림에 많은 신경을 쓰는지?	
현금파? 캐시리스파?	
멀미는 하는지?	
친구가 싸우고 있다면 중재하는지?	
손재주가 있는가?	
앞뒤를 생각하는 타입?	
약속 시간 전에 도착하는지?	
스스로 리더가 되려 하는지? 추천에만 응하는지?	
살면서 가장 놀란 일은?	

마법사 1

남들과 다른 힘을 가진 마법사는 그 힘을 어떻게 사용할까요?
누군가를 위해서? 자신만을 위해서?
그리고 세계는 그들을 받아들이고 있나요?

판타지 세상을 무대로 한다면 무언가 '신비한 존재'를 등장시킵시다. 여기서는 그중에서도 정석 캐릭터의 하나인 마법사를 채택했습니다. 그들은 신기한 힘으로 하늘을 날거나 불꽃을 만들거나 마물을 소환하거나 합니다. 이야기에 한 명만 있어도 분위기가 화려해지며 앞길을 가로막는 강적이 되는 등 매력적인 존재가 됩니다.

마법사도 사람이다

마법사도 사람이기에 기본적으로는 인간과 같은 생활을 하는 경우가 많습니다(쓰러트릴 방법이 생각나지 않을 정도로 강대한 최종 보스를 만들려면 베일로 덮인 수수께끼처럼 만드는 것이 좋습니다). 식사를 해야 하고, 수면을 취해야 하며 마법을 과하게 사용하면 피곤하고, 방어 마법이 제시간에 발동하지 않으면 공격받아 부상을 입습니다.

또 얼마나 마법을 사용하는가에 따라서도 생활 방식이 달라질 것입니다. 무궁무진하게 마법을 사용할 수 있다면 생활의 사소한 일이라도 마법을 사용할 것이며(요리할 때 불을 붙이거나, 마실 물을 생성하거나), 어느 정도 한계가 있다면 꼭 사용해야 할 때만 사용할 수 있어서 일반인과 크게 다르지 않을 수 있습니다.

한도는 체력의 유무이거나, 횟수이거나(하루에 사용할 수 있는 횟수가 정해져 있는 등), 게임 같은 세상이라면 MP(매직 포인트)로 표시됩니다.

여하튼 친근감을 불러일으키는 캐릭터로 만들고 싶다면 나름대로 인간 냄새가 나는 설정을 추가하는 것을 추천합니다. 마법으로 하늘을 날 수 있지만 높은 곳을 무서워하는 마법사가 있다고 해도 좋겠지요.

어느 세상의 마법사인가

우선 이야기의 무대를 생각할 필요가 있습니다. 마법사는 판타지 세계만의 주민이 아니라 현대 사회에 있다는 설정을 해도 이상하지 않기 때문입니다. 실제로 현대 사회에서 마법이 등장하는 이야기도 수없이 많습니다.

판타지 세계라면 숲속에 살고 검은 로브를 몸에 걸치고 있는 것이 전형적이겠지요. 가끔 오는 일반인의 의뢰를 받거나 왕궁에서 일하거나 하며 생활비를 버는 일을 하는 것은 어떨까요.

현대 사회라면 마법사라는 것을 공표했는가를 생각할 필요가 있습니다. 감추고 있다면 학생이나 회사원으로 지내고 있겠지요. 공표했다면 마법을 활용한 일을 하며 일반인보다 더 많은 수익을 벌어들이고 있을지도 모릅니다.

memo

p.143

이름		이야기에서의 입장	
나이		성별	
종족		직업 / 학년 / 직위	
생일		혈액형	
출신지		현재 사는 곳	
가족 구성		신앙	

외모			
키		체중	
체형		피부색	
머리 모양		머리카락 색	
눈동자 색		신체적인 특징 (상처 등)	
인상/표정			
의복			

몸 상태	
체질	
지병	

특수설정(특별한 능력이나 기능)

마법사 ②

특수 설정

특수 설정란에 써넣는 것은 당연히 사용할 수 있는 마법의 종류입니다. 하늘을 날 수 있고, 물이나 바람 등의 자연현상을 자유자재로 조종할 수 있고, 회복 마법이나 공격 마법 역시 특기인, 무엇이든 할 수 있다는 설정을 하는 것도 틀린 것은 아닙니다. 다만 제한 없이 마법을 사용할 수 있다면 이야기에서 일어나는 문제는 그 마법사만 있으면 쉽게 해결할 수 있습니다. 그래서는 재미가 없습니다(최종 보스라면 몰라도요).

그러므로 사용할 수 있는 마법의 종류를 제한할지, 무엇이든 가능하다고 해도 위력이 매우 낮다는 설정(하늘을 나는 것은 높이 50cm가 한계, 물은 큰 숟가락으로 하나 가득 정도밖에 만들지 못한다, 약간 아플 정도의 공격 마법 등)을 하면 딱 좋은 상태가 됩니다.

앞 페이지에 기재한 대로 한계를 정해두어도 좋고, 강력한 힘을 가진 반동으로 몸이 약하거나 수명이 짧다는 설정도 살릴 수 있습니다. 판타지 세계의 마법사는 수백 년을 사는 이미지가 강하므로 당신이 좋아하는 마법사를 생각해 봅시다.

성격, 내면

마법의 사용을 제한하기에 앞서 발동 조건을 설정하는 방법이 있습니다. 마법 지팡이 등의 매개물이 필요하거나 소환 마법을 쓰려면 소환 상대에게 공물을 바쳐야만 하거나, 캐릭터 자신이 어떤 상태(수면 상태 등)가 되지 않으면 안 된다는 식입니다.

이러한 사정에서 버릇이나 집착을 생각할 수 있습니다. 공물을 찾기 위해서 항상 주변을 둘러보고 있거나, 매개물 아이템에게 말을 거는 버릇이 있다거나, 결벽증인가 할 정도로 몸을 깨끗이 하거나 하는, 마법에 기인한 성격이나 내면 설정을 생각해 보아도 좋을 것입니다.

능력

마법사의 능력? 마법 아니야?라고 생각하겠지만, 그것만으로는 캐릭터가 성립되지 않고 살아가기 어려울 것입니다. 그래서 마법 이외의 능력에 관해서도 생각했으면 합니다.

예를 들어 학력입니다. 마법사에게 마법서는 따라오는 물건이지만, 그것을 읽지 못하거나 이해하지 못할 정도의 학력이라면 어떤 마법사가 될까요? 단순한 마법밖에 사용하지 못하고 응용하기도 어려울 겁니다(하지만 단순해도 강력한 한방이 있다는 캐릭터는 재미있습니다).

운동신경은 없어도 그만이겠지만, 있어서 나쁠 건 없습니다. 전투 전문 마법사라면 반사 신경이 있는 편이 좋겠지요.

배경, 수집물

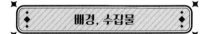

마법에 눈을 뜬 것은 언제일까요? 타고나는 경우가 있고, 후천적으로 마력을 얻은 경우가 있습니다. 후천적인 경우는 그것이 언제이고 어떤 일이 일어났는지를 적어봅시다.

또 마법사는 수집물(매개물이나 약초 등)을 많이 가지고 있다는 이미지도 있습니다. 일반인의 입장에서 보면 '왜 그런 것을?' 하고 의문을 가질 만한 것들을 모으고 있어도 재미있겠지요.

p.144

성격, 내면	
대략적인 성격	메인 ( ) ( ) 서브 ( ) ( ) ( )
성격 형성의 에피소드	
상세한 성격	
가치관	
좌우명	
버릇	
고집하는 것	
양보할 수 없는 것	
목표	
멘탈의 강함	
생리적으로 받아들이지 못하는 것	

p.145

능력	
좋아하는 것 (취미)	
잘하는 것 (특기)	
잘 못하는 것 / 약점	
도저히 할 수 없는 것	
학력	
지력(지식)	
자격 / 전문지식	
운동신경	
사회성 / 사교성	
생활력	

p.146

이제까지 일어난 주요 사건

세	
세	
세	
세	
세	
세	
세	
세	
세	
세	

이제까지 얻은 것

학력	
병력	
저금	
수집하는 것	

가족과의 관계

함께 산다면 얼마나 얼굴을 맞대며 대화하는가?	
따로 산다면 얼마마다 고향을 찾아가는가?	
사별했다면 가족을 어떻게 생각하는가?	

마법사 3

판타지 이름 짓기 주의사항

판타지 캐릭터 이름 짓기 주의사항을 알아봅시다. 작품을 만들 때 생각할 이름이 많을 겁니다. 판타지만의 포인트가 있으니 참고해주세요.

① 글자 수가 같다
모양이 비슷한 글자들이 많습니다. 글자 수까지 같으면 점점 비슷한 인상을 주게 됩니다.

② 나라에 따라 읽는 법이 다르다
"George"라는 이름은 영어로는 '조지'이지만 독일어로는 '게오르그'라고 완전히 다르게 읽습니다. 영어로 '에드워드'를 독일어는 '에두아르트'라고 읽습니다.

즉, 조지와 에두아르트는 일반적으로 서로 다른 나라 출신이라는 이야기가 됩니다. 그러니 나라별 발음을 신경 쓰지 않고 이름을 지으면 문제가 생길 수 있습니다. 이름을 지을 때 미리 어느 나라를 기반으로 할지 정해두면 좋습니다. 인터넷으로 읽는 방법을 확인하세요.

생활 사이클, 스타일

판타지 세상의 마법사는 평일과 휴일의 개념이 없을 수 있습니다. 그때는 평일인 쪽만을 써넣읍시다.

마법사라면 잠을 자지 않아도 회복 마법을 사용하며 생활할 수 있다는 설정을 해도 좋을 것입니다. 반대로 마법을 사용하는데 체력을 모두 써버려서 평소엔 거의 자고 있는 마법사라는 설정도 있을 법합니다.

소지품

마법사가 가방에 넣고 다니는 것은 무엇일까요? 마법을 사용할 때 매개물이나 마법서는 필수일까요? 또 마법사도 쇼핑 정도는 할 것이므로 지갑을 소지하고 있다고 해도 이상하지 않습니다. 단, 돈조차 그 자리에서 마법으로 만들거나 나타나게 할 수 있는 수완 좋은 마법사도 있을지 모릅니다.

좋아하는 것과 싫어하는 것

현대의 학생이나 사회인과는 조금 항목을 바꿔서 마법에 관한 몇 가지를 기재했습니다. 자신이 사용하는 패턴, 상대방에게 사용할 수 있는 패턴 모두 생각할 수 있습니다.

일문일답

마법사도 그 세계에서 생활하는 캐릭터임에는 변함이 없습니다. 캐릭터성을 풍부하게 하기 위해서라도 빠짐없이 적어봅시다.

memo

p.147

하루의 생활 사이클

평일

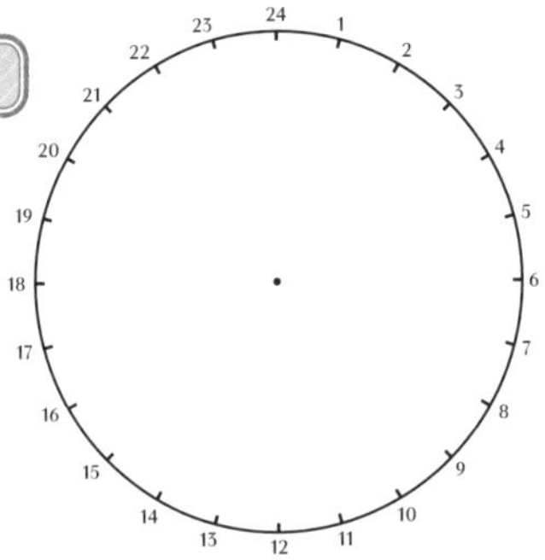

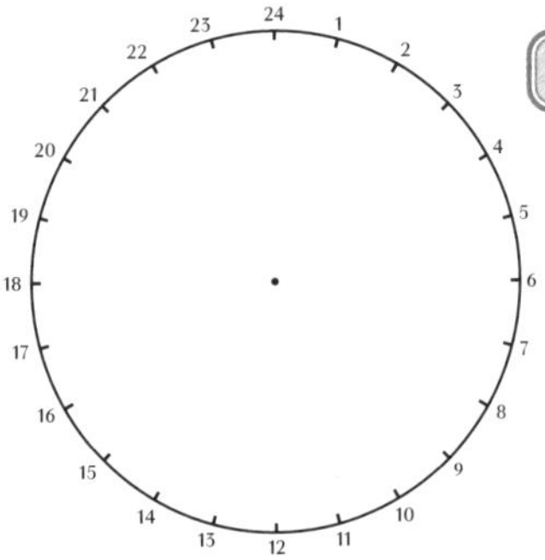

휴일

생활 스타일

아침형 or 저녁형	평일:	휴일:
수면시간	평일:	휴일:
식사 횟수	평일:	휴일:
식사 내용	평일:	휴일:
매일의 습관		
정기적인 습관 (학습 등)		
자택의 형태	단독주택 / 공동주택 / 아파트 / 그 외( )	

소지품

가방의 내용물	
평소에 소지하는 것	
소중하게 여기는 것	

p.148

마법사 | 좋아하는 것과 싫어하는 것

	좋아하는 것 / 마음에 드는 것	싫어하는 것 / 잘 못하는 것 / 무관심한 것
물건		
사건 · 일어난 일		
장소		
가게		
시설		
음식		
음료		
요리(조리)		
외식		
색		
계절		
날씨		
더위 / 추위		
아침 / 점심 / 저녁		
의복		
미용		
말		
사람의 타입		
연애 감정을 품는 유형		

p.149

마법사 | 좋아하는 것과 싫어하는 것

공부		
동물		
꽃 / 식물		
이야기		
예술		
오락		
운동(스포츠)		
어린이		
또래		
연상		
고령자		
집안일		
자신에 대한 것		
마법의 속성		
마법서		
사역마		
마법약		
마법 연구		
마법약 조합		
타인과의 커뮤니케이션		

p.150

마법사 | 일문일답

음식 먹는 속도는 빠른가?	
음료는 따뜻한 것/차가운 것?	
좋아하는 음식을 먼저 먹나?	
시끄러운 장소 or 조용한 장소, 집중이 가능한 곳은?	
비싼 물건을 살 때 사전 조사는 얼마나 하나?	
구매 시 제일 고려하는 것은? (가격, 기능 등)	
절약하는 타입인가?	
저금은 하나?	
돈은 어디에 쓰는지? / 무얼 아끼는지?	
단순한 작업은 힘들어 하나?	
잠들 때의 모습은 어떤가?	
잠버릇은?	
친구와 놀고 싶을 때 먼저 권유하나?	
모임에서 총무를 맡을 수 있는지?	
일(아르바이트 및 학교)은 잘하는지?	
인도어파? 아웃도어파?	
무인도에 가져가고 싶은 한 가지는?	
술을 얼마나 마실 수 있나?	
술에 취하면 어떻게 되는가?	
말을 하는 편인지, 듣는 편인지?	

p.151

마법사 | 일문일답	
점술을 믿는지?	
본인만의 징크스가 있는가?	
생활 속 루틴은 있는지?	
부모님 생신에 어떻게 축하하는지?	
서프라이즈를 좋아하나?	
기계를 잘 다루는지?	
외모가 잘생겼는가?	
거짓말은 잘하는가?	
얼굴에 감정이 드러나는 타입?	
땀을 많이 흘리나?	
컨디션이 안 좋을 때 대처방법은?	
옷차림에 많은 신경을 쓰는지?	
멀미는 하는지?	
친구가 싸우고 있다면 중재하는지?	
손재주가 있는가?	
앞뒤를 생각하는 타입?	
약속 시간 전에 도착하는지?	
스스로 리더가 되려 하는지? 추천에만 응하는지?	
살면서 가장 놀란 일은?	
마법을 어떻게 생각하는가?	

엘프 1

판타지 세상의 대표적 이종족인 엘프.
숲에 사는 그들은 인간을 어떻게 생각하고 있을까요?
인간과 함께 여행하기도 하는데, 어떤 이유로 숲을 나온 것일까요?

엘프는 판타지의 대표적인 이종족입니다. 대표인 만큼 실태는 다양하지만, 주요 이미지는 다음과 같습니다. 남녀 모두 피부색이 희고 귀가 깁니다. 신장은 인간과 크게 다르지 않지만 대체로 날씬합니다. 수명은 수백 년이며 그중에는 불사도 있다고 합니다. 전투 능력으로는 활을 잘 쏘며 마법을 쓸 수도 있습니다. 애초에 엘프는 요정입니다. 사는 곳은 숲이며 집단으로 생활합니다.

이 이미지의 원형은 J. R. R. 톨킨의 《반지의 제왕》에 의해 형성되었으며 미즈노 료의 《로도스도 전기》 등 다양한 작품에 의해 굳어졌습니다.

판타지 세계를 수놓는 캐릭터로도 매력적인 종족입니다.

인간과의 차이를 보여준다

비교적 인간과 가까운 종족이므로 캐릭터 만들기나 묘사가 쉽다고 생각할 수 있지만, 인간과 비슷하게 설정하면 일부러 다른 종족을 만든 의미가 없어집니다. 사고방식이나 가치관에서 차이를 보여줄 궁리를 합시다.

주목해야 하는 것은 수명입니다. 수백 년을 산다고 하면, 인간보다 경험한 것이 많습니다. 많은 지식을 가지고 있겠지요. 하지만 숲에서 살고 있으니 바깥세상 사정은 잘 모르거나 듣기만 한 정도의 지식밖에 없을 수 있습니다.

사고방식은 어떨까요? 인간에 비해 주체하지 못할 정도의 시간을 갖고 있기 때문에 느긋한 엘프가 많을 겁니다. 그래서 엘프가 당황하거나 초조해하는 모습은 좀처럼 생각하기 어렵습니다(반대로 엘프가 당황할 정도의 사건을 그릴 수 있다면 아주 좋습니다). 인간과 엘프가 사건이나 문제 해결을 위해 집중할 때, 이러한 차이에 의해 의견 충돌이나 의사소통을 할 수 없는 상태를 만들어 낸다면 이야기의 흥미가 고조될 것입니다.

퍼스널 데이터

판타지 세계이므로 혈액형의 개념은 제외했습니다. 애초에 ABO식 혈액형이 발견된 건 20세기 초로 비교적 최근입니다. 어떤 수단으로 신체의 구별을 하고 싶다면 유사한 설정을 만들어도 상관 없습니다. 겉모습은 날씬하고 피부색이 하얗다는 특징이 있지만, 모두가 완전히 같은 모습을 하고 있지는 않습니다. 자신만의 엘프의 모습을 생각해 봅시다.

memo

p.152

이름		이야기에서의 입장	
나이		성별	
직업		입장	
생일		출신지	
가족 구성		현재 사는 곳	
신앙			

외모

키		체중	
체형		피부색	
머리카락 색		눈동자 색	
신체적인 특징 (상처 등)		인상/표정	
의복			

몸 상태

체질	
지병	

특수설정(특별한 능력이나 기능)

엘프 2

몸 상태

엘프는 장수하기 때문에 그만큼 성장도 느려서 100년을 산 정도로는 아직 젊은이 부류에 속합니다. 그렇지만 부상도 입고 병에도 걸립니다.

노화를 멈출 수도 없으니 몸에 어떤 이상이 생겨도 별난 게 아닙니다. 동료가 숲에서 지내는 것만으로는 고칠 수 없는 부상을 입거나 병에 걸려서 처음으로 숲을 나온 엘프라는 전개를 만드는 것도 가능하겠지요.

성격, 내면

숲속에서 이렇다 할 변화 없는 생활을 하고 있다면 느리고 굼뜨거나 온화한 성격의 엘프가 많을 것 같습니다. 그런 엘프만으로는 이야기가 단조로워지므로 당신만의 각색이 필요합니다. 물론 성격이 급한 엘프가 있어도 좋습니다. 주어진 역할에 따라서 성격에도 변화가 있을 것 같습니다.

또 숲 밖으로 나온 지 얼마 안 된 엘프라면 처음 겪는 일도 있을 것입니다. 그 엘프에게는 신선한 경험이겠지만, 그중에는 도저히 받아들일 수 없는 것도 있을 겁니다.

능력

엘프 종족의 공통된 특징으로 마법을 사용할 수 있으며 활을 잘 쏜다는 것은 앞에서 소개한 대로입니다. 활을 잘 쏜다면 당연히 운동신경도 좋지 않을까요? 오랜 시간을 살아감에 따라 얻은 지식을 사용해 숲속에서

덫을 놓고 외부의 적으로부터 자신들을 지키는 것을 특기로 하는 엘프도 있을 것입니다.

반대로 잘하지 못하는 것은 무엇일까요? 숲속에서 조용히 산다면, 많은 사람이 오가는 도시에 발을 들였을 때 현기증을 느낄지도 모릅니다. 동족을 소중히 여긴 나머지 타종족을 불편하게 여기거나 눈엣가시로 삼는 패턴도 생각할 수 있습니다.

또 활이나 마법을 잘 쓰지 못하는 엘프가 있다고 해도 이상하지 않습니다. 그런 엘프는 일족 안에서 어떻게 지내게 될까요? 바보 취급을 당할까요, 활과 마법 이외의 특기에 눈을 떠서 유일무이한 능력 보유자로 존경받을까요?

배경

숲속에서 평화롭게 살고 있다면 이렇다 할 사건은 일어나지 않을 겁니다. 순조롭게 활과 마법 실력을 키우고 일족 안에서 역할을 부여받고 먹기 위해 일을 하는 온화한 생활이겠죠. 큰 사건이라면, 숲이 누군가에 의해 침략당하거나 불타거나 해서 살 곳을 잃고 쫓겨나고 말았다 정도일까요. 일족이 헤어질 것이며, 가족을 잃는 일도 충분히 있을 수 있습니다. 뿔뿔이 흩어진 가족을 찾기 위해서 동료와 함께 여행하고 있다는 설정도 만들 수 있을 것 같습니다.

반대로 우호적인 타종족이 숲에 들어와서 새로운 기술 등을 가져와도 일족에게 혁명이 될 것입니다.

memo

p.153

성격, 내면

대략적인 성격	메인 ( ) ( ) 서브 ( ) ( ) ( )
성격 형성의 에피소드	
상세한 성격	
가치관	
좌우명	
버릇	
고집하는 것	
양보할 수 없는 것	
목표	
멘탈의 강함	
생리적으로 받아들이지 못하는 것	

p.154

능력	
좋아하는 것 (취미)	
잘하는 것 (특기)	
잘 못하는 것 / 약점	
도저히 할 수 없는 것	
지력(지식)	
마법 지식·능력	
운동신경	
활 다루기	
사회성 / 사교성	
생활력	

p.155

이제까지 일어난 주요 사건

세	
세	
세	
세	
세	
세	
세	
세	
세	
세	

이제까지 얻은 것

정령과의 교감	
병력	
재산	
수집하는 것	

가족과의 관계

함께 산다면 얼마나 얼굴을 맞대며 대화하는가?	
따로 산다면 얼마마다 고향을 찾아가는가?	
사별했다면 가족을 어떻게 생각하는가?	

엘프 3

생활 사이클, 스타일

숲에서 사는 경우, 생활을 일을 하는 날과 휴일로 나눌지는 작가가 생각하는 일족의 삶에 따라 바뀔 듯합니다. 매일 일하며 교대로 몇 시간 휴식을 취하는 스타일도 생각할 수 있습니다. 어찌 되었든 기본적으로는 일족이 협력하며 살고 있을 것입니다.

숲은 밤이 되면 몹시 어두우므로 원칙적으로 아침형 생활이 되지 않을까요? 그중에는 밤눈이 밝은 엘프도 있을 것이기 때문에 그들은 순찰하기 위해 밤에 깨어있을 것입니다.

습관으로는 신이나 자연의 은혜에 기도하는 시간이 매일 있거나, 해마다 한 번 제사 형식을 딴 의식을 행하고 있다고 하면 엘프답다는 생각이 들지 않을까요?

소지품

무슨 일이 있을 때 바로 싸울 수 있도록 활은 항상 휴대하고 있지 않을까 생각합니다. 그 외에 상처 치료에 사용할 것 같은 약초가 들어있는 작은 가방을 허리에 매고 있는 이미지가 있습니다. 전투 이외의 용도로 단도나 칼을 가지고 다녀도 좋겠지요.

좋아하는 것과 싫어하는 것

숲에서 나간 적이 없는 엘프는 인간 마을의 거리와 시설은 알지 못할 겁니다. 그 경우는 공백이어도 상관없습니다. 거리에 나간 적이 있다면 꼭 마음에 드는 장소를 만드는 것이 좋습니다. 반대로 가까워지고 싶지도 않은, 이유 없이 싫은 곳이 있어도

다양한 엘프

주된 엘프의 특징은 91페이지에서 설명한 대로이지만, 이야기에 따라서는 전혀 다른 모습으로 등장하는 일도 드물지 않습니다. 신화나 전승으로 등장하는 엘프는 현대의 엔터테인먼트 작품의 모습과는 다른 경우가 많고, 현대 작품에서의 엘프도 작품마다 다소 차이가 있습니다.

예를 들어 북유럽 신화에서는 빛의 엘프인 료스알프(Ljosalfar)와 어둠의 엘프인 도크알프(Dokkalfar)가 있습니다. 빛의 엘프는 피부가 희고 달빛을 받으며 금색 머리카락을 빗는다고 합니다. 외모가 아주 아름다워서 인간은 한눈에 마음을 빼앗길 정도라고 합니다. 한편 어둠의 엘프는 동굴에서 살고 있으며 추악한 모습을 하고 있다고 알려져 있습니다. 키는 작고 새우등이라고 합니다. 드워프를 떠올리면 될까요?

양쪽 엘프의 공통된 점은 집단생활을 하고 있으며 한밤중에 연회를 벌인다는 것입니다. 그곳을 우연히 맞닥뜨린 인간은 시력을 잃거나 병에 걸린다고 합니다.

좋습니다.

일문일답

엘프 일족 사이에서는 돈을 주고받지 않을지도 모릅니다(함께 나누며 살거나, 물물교환). 그렇다고 해도 다른 종족과의 교섭에서 도움이 되는 것은 돈이기 때문에 조금은 모아두어도 좋겠지요. 그 돈을 꾸준히 저축하는 유형일까요? 돈이 아니더라도 다른 어떤 재산을 생각해도 좋습니다.

memo

p.156

하루의 생활 사이클

평일

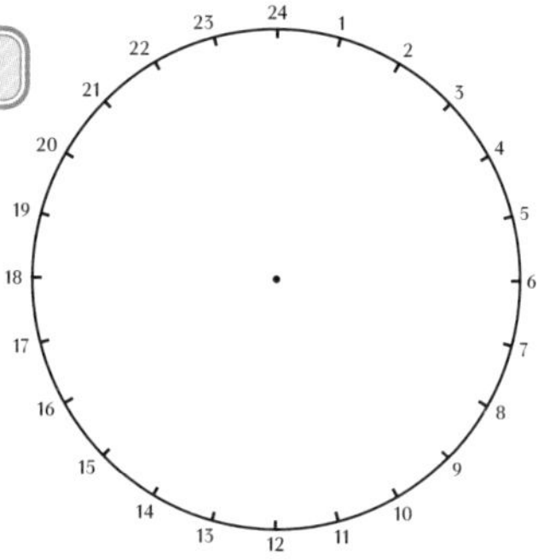

휴일

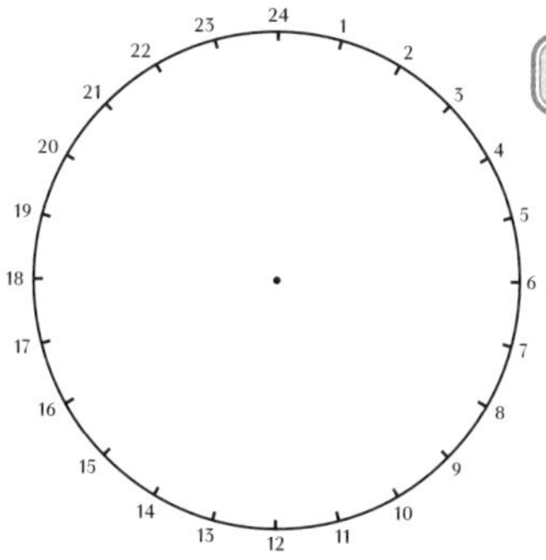

생활 스타일

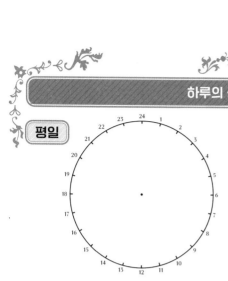

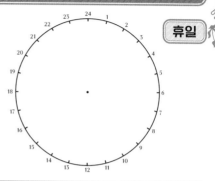

아침형 or 저녁형	평일:	휴일:
수면시간	평일:	휴일:
식사 횟수	평일:	휴일:
식사 내용	평일:	휴일:
매일의 습관		
정기적인 습관 (연중 행사 등)		

소지품

가방의 내용물	
평소에 소지하는 것	
소중하게 여기는 것	

p.157

엘프 | 좋아하는 것과 싫어하는 것

	좋아하는 것 / 마음에 드는 것	싫어하는 것 / 잘 못하는 것 / 무관심한 것
물건		
사건 · 일어난 일		
장소		
가게		
시설		
음식		
음료		
요리(조리)		
색		
계절		
날씨		
더위 / 추위		
아침 / 점심 / 저녁		
의복		
미용		
말		
엘프의 타입		
연애 감정을 품는 유형		

p.158

엘프 | 좋아하는 것과 싫어하는 것

공부		
동물		
꽃 / 식물		
이야기		
예술		
오락		
운동(스포츠)		
어린이		
또래		
연상		
고령자		
집안일		
궁술의 단련		
활 만들기		
마법의 속성		
요정		
인간		
인간 이외의 타종족		
동족과의 커뮤니케이션		
타종족과의 커뮤니케이션		
자신에 대한 것		

p.159

엘프 | 일문일답	
음식 먹는 속도는 빠른가?	
음료는 따뜻한 것/차가운 것?	
좋아하는 음식을 먼저 먹나?	
시끄러운 장소 or 조용한 장소, 집중이 가능한 곳은?	
비싼 물건을 살 때 사전 조사는 얼마나 하나?	
구매 시 제일 고려하는 것은? (가격, 기능 등)	
절약하는 타입인가?	
저금은 하나?	
돈은 어디에 쓰는지? / 무얼 아끼는지?	
단순한 작업은 힘들어 하나?	
잠들 때의 모습은 어떤가?	
잠버릇은?	
친구와 놀고 싶을 때 먼저 권유하나?	
모임에서 총무를 맡을 수 있는지?	
일(아르바이트 및 학교)은 잘하는지?	
인도어파? 아웃도어파?	
무인도에 가져가고 싶은 한 가지는?	
술을 얼마나 마실 수 있나?	
술에 취하면 어떻게 되는가?	
말을 하는 편인지, 듣는 편인지?	

엘프 | 일문일답	
점술을 믿는지?	
본인만의 징크스가 있는가?	
생활 속 루틴은 있는지?	
부모님 생신에 어떻게 축하하는지?	
서프라이즈를 좋아하나?	
마술이나 활 이외의 기술도 잘 다루나?	
외모가 잘생겼나?	
거짓말은 잘하는가?	
얼굴에 감정이 드러나는 타입?	
땀을 많이 흘리나?	
컨디션이 안 좋을 때 대처방법은?	
옷차림에 많은 신경을 쓰는지?	
멀미는 하는지?	
친구가 싸우고 있다면 중재하는지?	
손재주가 있는가?	
앞뒤를 생각하는 타입?	
약속 시간 전에 도착하는지?	
스스로 리더가 되려 하는지? 추천에만 응하는지?	
살면서 가장 놀란 일은?	
동료를 어떻게 생각하는가?	

미래인 1

머나먼 미래, 인간은 어떻게 살고 있을까요?
편리해졌는지, 지금은 있는 것이 존재하지 않게 되었든지 할까요?
어느 쪽이든 인간에게 그 미래는 행복일까요?

눈부신 기술의 발전으로 인해 지금 우리가 사는 현대도 근 미래적인 양상을 보이고 있습니다. 자동차는 자율 주행을 논할 수 있게 되었고 레스토랑에서는 AI 로봇이 서빙하는 모습을 볼 수 있습니다. 50년 전 사람이 보면 우리도 '미래인'일지도 모릅니다.

하지만 기왕 창작한다면 미래를 한층 더 창조하고 싶습니다. 그래서 마지막으로 이 미래인을 선택했습니다.

미래는 어떤 세계인가

우선 얼마나 먼 미래인지를 생각해 볼 필요가 있습니다. 수십 년(두 자릿수) 앞의 미래를 가까운 미래, 그보다 더 먼 수천 년 정도의 아득한 미래를 먼 미래라고 합니다. 같은 미래라 해도 수십 년과 수천 년은 세상이 전혀 다를 것입니다. 동시에 캐릭터의 생활이나 상식, 가치관에도 변화가 생길 것입니다.

우리가 살고 있는 이 현대 사회도 최근 수십 년 동안 현저한 경제와 과학, 기술 발전에 따라 사람들의 생활이 극적으로 풍요로워졌습니다. 그

한편으로 환경파괴 등의 문제가 부상하고 있으며 SNS의 출현에 따라 새로운 인간관계의 트러블이 많이 발생하고 있습니다. 변화는 좋은 것만은 아닙니다. 현대 사회를 기점으로 미래는 어떻게 변해갈지를 생각해 봅시다.

가까운 미래라면, 지금의 기술이 더 발전하여 어떤 것이 만들어질지, 불가능한 일이 가능해지지 않을지 생각해 보면 좋을 것입니다. 먼 미래는 마치 별세계 같다고 말할 만한 변화를 추가합시다.

세계를 만드는 방법은 이전 저서인《내가 신이 되는 세상》에서 가까운 미래 · 먼 미래 모두 소개하고 있습니다. 괜찮다면 참고하시기를 바랍니다.

퍼스널 데이터

우선 먼 미래라면 인간이 일을 하고 있을까요? 로봇이 대신 노동을 하고 인간은 극히 일부만 일하고 있을 수도 있습니다. 그럼 인간은 무얼 할까요? 오락 등 좋아하는 일을 하고 있을까요, 일할 필요가 없어서 몸은 잠들어 있고 사이버 공간에서 하루하루를 보내고 있을까요. 그렇게 되면 사는 장소라는 것은 집이 아니라 어딘가에 있는 시설의 침대 위가 될지도 모릅니다.

외모를 자기 마음대로 커스터마이즈할 수 있게 된다면 미래답지 않을까요? 그렇다고 해도 캐릭터를 기억에 남기기 위해서 작중에서는 별로 바꾸지 않는 것을 추천합니다.

memo

p.161

이름		이야기에서의 입장	
나이		성별	
종족		직업/학년/입장	
생일		혈액형	
출신지		현재 사는 곳	
가족 구성		신앙	

외모

키		체중	
체형		피부색	
머리 모양		머리카락 색	
눈동자 색		신체적인 특징 (상처 등)	
인상/표정			
의복			

몸 상태

체질	
지병	

특수설정(특별한 능력이나 기능)

미래인 2

몸 상태

시대의 흐름에 따라 현대인의 몸에는 변화가 일어나고 있습니다. 식문화가 풍부해지면서 비만이 늘어나고 교육 현장에 태블릿 단말기가 보급되어 아이들의 시력 저하도 증가하는 추세라고 합니다. 한편 다양한 영양보조식품을 적당한 가격에 살 수 있으므로 영양부족에 빠지는 일은 줄어들었습니다.

현대에서도 좋은 면과 나쁜 면이 있지만, 미래는 어떨까요? 현대에서는 불치병이더라도 미래에서는 치료법이 확립되어 있을지도 모릅니다. 먼 미래에는 병에 걸리기 전에 예방해서 병이라는 개념이 없을 수도 있습니다. 노화를 늦춰서 수명을 다하기 전까지 젊은 모습으로 살 수 있다면 꿈만 같을 것입니다.

하지만 생각처럼 잘 풀리지는 않을 것입니다. 그만큼 무언가 문제가 생기겠지요. 젊은 모습을 유지하는 대가로 대량의 약을 먹어야만 한다는 설정은 아무리 생각해도 있을 것 같습니다. 약에는 부작용이 따르니 몸 어딘가에 부담을 주게 되겠지요. 그래도 젊은 모습으로 있는 것을 바라는 사람은 많지 않을까요?

먼 미래의 모습을 정성껏 그리고 싶다면 세계의 모습뿐만 아니라 캐릭터의 상태에 관해서도 현대에는 있을 수 없는 설정을 추가하면 좋을 것입니다.

특수 설정

미래 세계에서는 당연할지라도 현

대에서는 놀랄만한 능력이나 기능이 있을지도 모릅니다. 예를 들어 태어났을 때 뇌에 칩을 심어 누구나와 텔레파시를 주고받을 수 있게 된다는 것은 어떨까요.

이러한 설정이 있다면 여기에 적어둡시다. 물론 미래에도 특별한 능력을 가지고 있어도 좋습니다.

성격, 내면

우선 현대인과 비슷하게 만들어 가면 좋습니다. 조심해야 하는 것은 가치관입니다. 미래와 현대는 아마도 상식이 다를 것이고, 그 상식에 따라 가치관도 변화할 것입니다.

옛날에 개는 밖에서 키우는 일이 많았지만, 최근에는 집안에서 키우는 경향이 강합니다. 여름은 견디기 어려운 무더위가 계속되므로 밖에 있으면 위험할 것입니다. 그 무더위 때문에 여성이 사용하는 아이템이었던 양산을 최근에는 남성들도 사용하게 되었습니다. 이처럼 사회의 변화는 사람들의 사고방식에도 영향을 미칩니다.

그렇다고 해서 뭐든 바꿔버리면 캐릭터에 공감하기 어려워집니다. 현대인이라도 이해할 수 있는 부분을 남겨둡시다.

능력

미래의 생활에 따라서는 불필요한 능력도 나옵니다. 예를 들어 로봇이 전부 해줘서 사람을 만나지 않아도 괜찮다면 사회성, 사교성, 생활력은 필요 없게 될 것입니다. 자기가 좋아서 집안일을 한다면 취미 취급을 받게 되겠지요.

p.162

성격 , 내면

대략적인 성격	메인 (　　　　　　　　) (　　　　　　　　) 서브 (　　　　　　　　) (　　　　　　　　) (　　　　　　　　)
성격 형성의 에피소드	
상세한 성격	
가치관	
좌우명	
습관	
고집하는 것	
양보할 수 없는 것	
목표	
멘탈의 강함	
생리적으로 받아들이지 못하는 것	

p.163

능력	
좋아하는 것 (취미)	
잘하는 것 (특기)	
잘 못하는 것 / 약점	
도저히 할 수 없는 것	
학력	
지력(지식)	
자격 / 전문지식	
운동신경	
사회성 / 사교성	
생활력	

p.164

이제까지 일어난 주요 사건	
세	
세	
세	
세	
세	
세	
세	
세	
세	
세	

이제까지 얻은 것	
학력	
병력	
저금	
수집하는 것	

가족과의 관계	
함께 산다면 얼마나 얼굴을 맞대며 대화하는가?	
따로 산다면 얼마마다 고향을 찾아가는가?	
사별했다면 가족을 어떻게 생각하는가?	

미래인 3

배경

캐릭터에게 인상적인 사건은 개인적인 것이어도 좋지만, 미래의 것이라면 세계 전체에서 일어난 사건을 선택하는 것도 재미있습니다. 어떤 법률이 제정되어 생활이 일변하거나 기술 발전으로 실현 불가능했던 일이 가능해지거나 하는 식입니다. 이는 물론 다른 장르에서도 유효한 방법입니다.

미래는 진화하고 있는가?

과학과 기술이 발전하는 미래를 전제로 설명하고 있지만, 반드시 발전만 하는 미래가 있는 것은 아닙니다. 디스토피아라는 단어를 알고 있나요? 역유토피아라고도 하는데, 지나친 발전으로 인해 오히려 사회가 붕괴되거나(로봇이 지배하는 세계 등), 엄청난 환경 파괴가 벌어져 사람이 살 수 없게 되는 등 진화가 아닌 퇴보한 세계를 말합니다. SF물에서는 단골 소재입니다.

퇴화한 미래는 불편한 것투성이일 것이고, 현대의 우리로서는 상상할 수 없는 일들이 가득할 것입니다. 하지만 그곳에서 살아가는 캐릭터들에게는 당연한 일이죠. 그것을 전제로 캐릭터의 가치관 등을 결정합시다.

생활 사이클

템플릿은 이제까지와 똑같지만, 미래 생활은 현대와 크게 달라져 있을 가능성이 있습니다. 평일과 휴일의 구분이 없을지도 모르고, 일부러 수면과 식사 시간을 취하지 않을지도 모릅니다. 하루가 24시간이 아니게 될지도 모른다는 생각처럼 아이디어는 무궁무진합니다.

소지품

현대처럼 가방을 들고 다니지 않고, 휴대기기에 소지품을 등록하여 원할 때 꺼낼 수 있는 기계가 발명되어 있다는 설정은 어떨까요? 이 경우는 휴대기기 하나만 소지하면 됩니다.

현대는 물건이 넘쳐나는 세상이지만, 미래는 어떨까요? 쓸모 없는 것들은 일절 배제하고 쓸모 있는 것들로만 이루어져 있거나 할 수도 있습니다. 그렇다면 소중히 여기는 물건이 없을지도 모르고, 비밀스레 갖고 있는 쓸데 없는 것이 보물일 수도 있습니다.

좋아하는 것과 싫어하는 것, 일문일답

세계에 따라서는 존재하지 않는 것도 있을 테니 적당히 변경해도 상관없습니다. 기온 설정을 인간의 손으로 할 수 있게 되면 더위, 추위를 느끼는 일은 없어집니다. 오락도 새로운 것이 생겼거나 반대로 낡아 골동품 취급을 받는 것도 있을 수 있습니다.

적합하지 않은 질문은 다른 것으로 바꿉시다. 캐릭터의 차이를 보여주기 위해서도 질문은 몇 가지 준비해 두는 것을 추천합니다.

memo

p.165

하루의 생활 사이클

평일

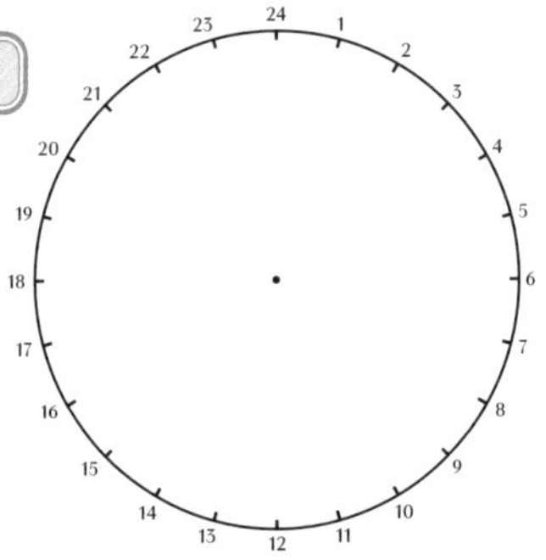

휴일

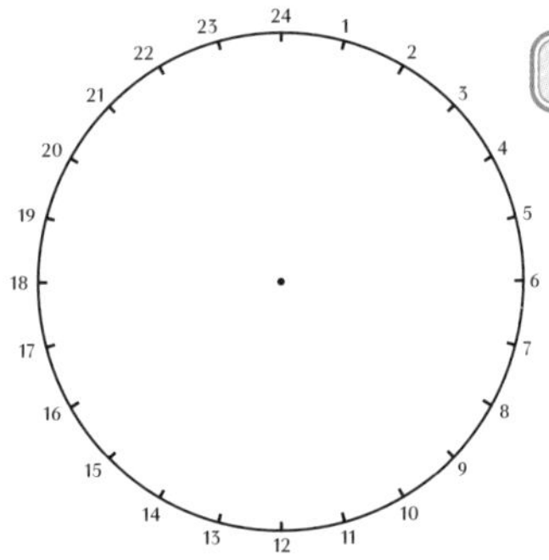

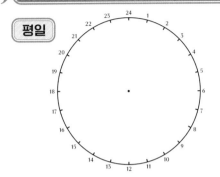

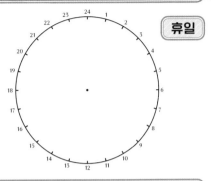

생활 스타일		
아침형 or 저녁형	평일:	휴일:
수면시간	평일:	휴일:
식사 횟수	평일:	휴일:
식사 내용	평일:	휴일:
매일의 습관		
정기적인 습관 (학습 등)		
자택의 형태		

소지품	
가방의 내용물	
평소에 소지하는 것	
소중하게 여기는 것	

p.166

미래인 | 좋아하는 것과 싫어하는 것

	좋아하는 것 / 마음에 드는 것	싫어하는 것 / 잘 못하는 것 / 무관심한 것
물건		
사건 · 일어난 일		
장소		
가게		
시설		
음식		
음료		
색		
계절		
날씨		
더위 / 추위		
의복		
말		
사람의 타입		
연애 감정을 품는 유형		
공부		
동물		
꽃 / 식물		

p.167

미래인 | 좋아하는 것과 싫어하는 것

소설		
만화 · 애니메이션		
영화 · 드라마		
게임		
음악		
TV 프로그램		
그림		
스포츠(플레이)		
스포츠(관전)		
도박		
오락		
브랜드		
전자기기		
SNS		
어린이		
또래		
연상		
고령자		
집안일		
자신에 대한 것		

p.168

미래인 | 일문일답	
음식 먹는 속도는 빠른가?	
음료는 따뜻한 것/차가운 것?	
좋아하는 음식을 먼저 먹나?	
스마트폰은 무슨 색?	
비싼 물건을 살 때 사전 조사는 얼마나 하나?	
구매 시 제일 고려하는 것은? (가격, 기능 등)	
절약하는 타입인가?	
저금은 하나?	
돈은 어디에 쓰는지? / 무얼 아끼는지?	
단순한 작업은 힘들어 하나?	
잠들 때의 모습은 어떤가?	
잠버릇은?	
친구와 놀고 싶을 때 먼저 권유하나?	
모임에서 총무를 맡을 수 있는지?	
일(아르바이트 및 학교)은 잘하는지?	
인도어파? 아웃도어파?	
무인도에 가져가고 싶은 한 가지는?	
술을 얼마나 마실 수 있나?	
술에 취하면 어떻게 되는가?	
말을 하는 편인지, 듣는 편인지?	

p.169

미래인 ǀ 일문일답	
점술을 믿는지?	
본인만의 징크스가 있는가?	
생활 속 루틴은 있는지?	
부모님 생신에 어떻게 축하하는지?	
서프라이즈를 좋아하나?	
기계를 잘 다루는지?	
외모가 잘생겼나?	
거짓말은 잘하는가?	
얼굴에 감정이 드러나는 타입?	
땀을 많이 흘리나?	
병원은 싫어하는지?	
옷차림에 많은 신경을 쓰는지?	
현금파? 캐시리스파?	
멀미는 하는지?	
친구가 싸우고 있다면 중재하는지?	
손재주가 있는가?	
앞뒤를 생각하는 타입?	
약속 시간 전에 도착하는지?	
스스로 리더가 되려 하는지? 추천에만 응하는지?	
살면서 가장 놀란 일은?	

다양한 작품 속 엘프와 마법사

J. R. R. 톨킨의 《반지의 제왕》은 현대 판타지 작품에 현저한 영향을 미친 고전 명작입니다. 예를 들어 드워프는 완고하고 키는 작지만 다부지다 등, 현재의 이미지와 크게 다르지 않습니다. 그러나 여기서의 주제인 엘프나 마법사의 캐릭터성을 보면 이야기가 조금 달라집니다. 왜냐하면 《반지의 제왕》 속 엘프나 마법사는 후속 작품의 원형이 되는 존재이면서 이질적이기도 하기 때문입니다.

고대 일본 땅인 나가쓰쿠니(中つ国)의 엘프는 기본적으로 인간보다 뛰어난 종족으로 강하고 아름답습니다. 본문에 언급한 대로 엘프는 활을 잘 쏘는 이미지가 있고 실제로 《반지의 제왕》에서 주인공 프로도와 동행하는 '여행 동료' 중 한 명인 레골라스도 활을 훌륭하게 다룹니다(하지만 이건 레골라스 본인의 능력으로 보입니다).

한편 마법사는 어떨까요? '이스타리(Istari)'라고 불리는 그들은 인간이 마법을 배운 존재가 아닙니다. 신이 파견한 하급 신과 같은 존재이며 그런 종족입니다. '여행의 동료'이자 때로는 프로도 이상으로 존재감을 발휘하는 간달프도 그중 한 명이지만, 마법적인 힘은 자주 사용하지 않고, 지팡이나 검을 휘두르는 인상이 강합니다(겉모습은 노인인데 말이죠).

그렇다면 우리가 생각하는 엘프나 마법사는 어느 작품에서 발견할 수 있을까요?

엘프라면 뭐니 뭐니 해도 미즈노 료의 소설 《로도스도 전기》의 디드리트일 것입니다. '돌아오지 않는 숲'이라는 마법에 걸린 숲에서 온 이 여성 엘프는 아름답고 현명하고 가냘프며 또 정령과 이야기함으로써 마법을 자유자재로 다룹니다. 뾰족한 귀라는 엘프를 대표하는 비주얼 이미지도 이 작품이 발상지라고 여겨져서 당연히 '엘프는 디트리트'인 것입니다.

《로도스도 전기》에서도 마법사는 여러 명 등장하지만, 지혜로운 사람이며 조언자라는 분위기가 강합니다. 이외에도 《드래곤퀘스트 3》에 등장하는 동료 마법사 남성은 수염을 기른 노인이며, 역시 지성을 느끼게 합니다. 물론 표면에 나서지 않고 뒤에서 힘쓰는 역할의 마법사도 '판타지 세계의 마법사'이긴 합니다.

그러나 더욱 이미지가 강한 것은 화려한 공격 마법을 구사하여 파괴를 부르는 캐릭터가 아닐까요. 하기와라 가즈시 작 《BASTARD!! 암흑의 파괴신》

의 다크 · 슈나이더나 칸자카 하지메 작 《슬레이어즈》의 리나 · 인버스 등이 이런 유형으로, 후속 작품들에 많은 영향을 미쳤다고 생각합니다. 양쪽 모두 마법을 발동하기 전에 특징적인 주문을 외워 작품 전체에 임팩트를 주고 있지만, 추가적으로 '몹시 악에 가까운 성격이라서 가끔 악역처럼 보이기 쉬운 행동을 한다'는 점에서도 공통점이 있는 것 같습니다. 이 성격은 화려한 공격 마법을 잘 구사하는 본인의 능력과도 잘 맞는다고 할 수 있습니다.

이외에도 《마법소녀 리리컬 나노하》 시리즈가 마법을 과학적 · SF적인 해석으로 받아들이고 그로부터 화려한 마법 공격이 난무하는 배틀 액션 전개를 그리고 있습니다.

* 역주: 국내에 출간된 도서나 만화는 출간된 작품명을 기준으로 번역했습니다.

PART

3

창작 노트 샘플

이제부터는 PART 2에서 소개한

다섯 가지 패턴의 캐릭터 샘플을 소개합니다.

어느 정도 세계관과 스토리를 상정한 후에 작성합시다.

캐릭터 · 세계관 · 스토리, 어느 것부터 생각하든

상호 작용을 일으켜 매력적인 이야기를 만들어 봅시다.

샘플 설명

현대 학생

현대를 무대로 한 액션물의 주인공을 가정해 캐릭터를 만들었습니다. 이 세계에는 짐승으로 변신하는 수인 초능력자가 있고, '전쟁터'라고 불리는 장소에서 이세계 침입자와 싸우는 나날을 보냅니다. 주인공도 그 전쟁터에 있었지만, 추방당해서 보통의 일상을 살게 됩니다(추방이 주인공을 위한 것이었다는 게 나중에 드러납니다). 주인공이 일상으로 돌아오자마자, '사건'이 벌어진다는 전개를 생각했습니다.

현대 사회인

현대를 무대로 일상물의 여주인공을 가정했습니다. 주인공 쿠로미네 코타는 신출내기 만화가지만, 그림이나 구도에 센스가 없어서 성공의 계기를 잡지 못합니다. 그러다 그림만은 아주 잘 그리는 여자친구를 만나 그녀를 이용해 만화가로서 성공하려 한다는 흐름입니다. 주인공은 그녀를 그녀의 그림 능력만 보고 만났지만, 머지않아 그녀에게 휘둘리거나 그녀를 이용하는 일에 죄책감을 느끼게 됩니다.

마법사

중세 유럽풍 판타지 세계 전쟁물의 악역을 가정했습니다. 이 캐릭터는 거대 제국에서 영웅으로서 존경과 사랑을 받는 마법사입니다. 10년 전에 나라를 구하는 활약을 했습니다. 인간이며 실질적으로는 죽었지만, 제국에서 발전한 마도 과학기술을 이용해 사이보그가 되어 살아가고 있습니다(이 세계의 마력은 육체에 깃들기에 여전히 강한 마법사입니다).

엘프

중세 유럽풍 판타지 세계의 라이벌 및 제3세력을 가정했습니다. 숲에서 살지만, '숲의 이종족'보다는 《반지의 제왕》에 등장하는 엘프처럼 '상위 종족'이라는 느낌이 강하게 설정했습니다. 이 캐릭터는 그중에서도 더욱 고위 신분(왕자)으로, 실천력이 좋으나 타락할 위험이 있는 위태로운 인물입니다. 주인공과 서로 경쟁하는 전개를 상상했습니다.

미래인

현대를 무대로 한 청춘물 및 액션물의 서브 여주인공이자 악역을 가정했습니다. 주인공인 야마토(인간)와 여주인공인 마나(신) 앞에 '미래에서 온 너희의 딸'이라고 자칭하며 나타납니다. 사실은 야마토가 죽은 미래에서 과거를 바꾸기 위해 찾아온 마나입니다. 죽은 야마토의 육체를 흡수해서 하나가 되었으므로 딸이라는 게 꼭 거짓말이라곤 할 수 없다는 설정입니다.

현대 학생 1

이름	유우기리 하야토	이야기에서의 입장	주인공
나이	17세	성별	남성
학년	고등학교 2학년	소속	프리
생일	4월 1일	혈액형	A형
출신지	도쿄 근교	현재 사는 곳	출신지와 동일
가족 구성	형, 누나	신앙	특별히 없다.

외모			
키	165cm	체중	60kg
체형	약간 마른 체형	피부색	약간 검은 피부
머리 모양	짧고 덥수룩하다.	머리카락 색	검정
눈동자 색	검정	신체적인 특징 (상처 등)	옷 아래로 약간의 상처가 있다.
인상/표정	특징은 별로 없지만 시원시원하다.		
의복	2, 3년 전에 유행한 옷을 좋아한다.		

몸 상태	
체질	상처 회복이 빠르고 병에도 거의 걸리지 않는다.
지병	특별히 없다.

특수 설정(특별한 능력이나 기능)

이 세계에서는 '짐승'이라고 부르는 초능력자. 평상시에도 뛰어난 신체능력을 갖추고 있었지만, 수인(여러 동물이 섞여 있어서 특정 모델은 존재하지 않는다)으로 변신하면 능력이 강화되는 것과 동시에 특이한 힘도 발휘된다. 하야토의 경우는 단기적인 미래 예지 능력이다.

p.048

현대 학생 2

성격, 내면	
대략적인 성격	**메인** (어른스럽다) (좋은 사람) **서브** (용감하다) (의지가 강하다) (타인을 존중한다)
성격 형성의 에피소드	개성 강한 형과 누나와 함께 자라 비교적 어른스럽게 컸다. 그러나 능력이 발현되면서 가혹한 전쟁터로 보내졌고, 그곳에서 많은 만남과 이별을 경험한 결과, 현재의 성격이 형성되었다.
상세한 성격	언뜻 보기에 어른스럽고 눈에 띄지 않는 타입으로 보인다. 실제로는 강한 심지와 소중한 것을 위해서는 양보하지 않는 타입이다. 다른 사람에게 참견하는 경우도 많다.
가치관	하고 싶은 일과 해야 하는 일 모두 소중히 해야 한다고 생각한다. 정작 자기 자신은 그러지 못하고 있다.
좌우명	내일 죽을지 모르니 지금 하자
버릇	위기를 예측해 과장하여 대응한다. (골목 모퉁이 너머의 기척을 과도하게 경계하는 등)
고집하는 것	일을 뒤로 미루는 것을 싫어한다.
양보할 수 없는 것	누구나 자신이 하고 싶은 일을 제대로 하는 것.
목표	지금은 목표를 잃었다.
멘탈의 강함	원래는 몹시 강하지만, 현재는 흔들리기 쉽다.
생리적으로 받아들이지 못하는 것	자신뿐만 아니라 타인도 포함해 하고 싶은 일을 억지로 그만두게 하는 것.

p.051

현대 학생 ③

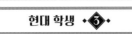

능력	
좋아하는 것 (취미)	게임이나 음악 등 일반적인 취미. 다만 2, 3년 지난 것을 좋아한다.
잘하는 것 (특기)	전투 능력이나 서바이벌 기술 외에는 특별히 없다.
잘 못하는 것 / 약점	현대의 유행을 따라가지 못한다.
도저히 할 수 없는 것	그만두는 것
학력	머리는 좋지만 2, 3년 공부하지 않았으므로 따라가지 못한다.
지력(지식)	편향된 분야의 지식(미국 속어 등)을 옛 동료에 의해 억지로 머릿속에 집어넣었다.
자격 / 전문지식	편향된 분야의 지식을 가지고 있다.
운동신경	몹시 뛰어나다.
사회성 / 사교성	보통이다.
생활력	보통이다.

p.052

현대 학생 ④

이제까지 일어난 주요 사건

0세	탄생, 부모/형/누나로 이루어진 5인 가족
~5세	태어난 이후로 부모님은 다른 곳에 살았고, 형과 누나와 친척집에서 자랐다.
~13세	형과 누나도 다른 곳에 살기 시작했다. 그러나 자주 만나러 왔다.
14세	하야토가 능력을 발현한다. 형과 누나도 능력을 발현해 전쟁터에 보내져 있었던 것이다.
14~17세	전쟁터에서 지낸다. 많은 트라우마를 안은 채 나름대로 적응한다.
17세	갑자기 전쟁터에서 추방당해 고향으로 돌아와 고등학생이 된다.
세	

이제까지 얻은 것

학력	중학교를 졸업하지 않았지만, 졸업한 것으로 되어있다.
병력	특별히 없다.
저금(세뱃돈을 어떻게 하고 있는가)	전쟁터에서 받은 급료가 막대하게 쌓여있다.
수집하는 것	전우들의 사진

가족과의 관계

함께 산다면 얼마나 얼굴을 맞대며 대화하는가?	
따로 산다면 얼마마다 고향을 찾아가는가?	친척들은 바로 근처에 살고 있으므로 자주 만난다. 형과 누나도 자주 연락하고 있다. 부모님은 연락 두절이다.
사별했다면 가족을 어떻게 생각하는가?	

p.053

현대 학생 5

하루의 생활 사이클

평일

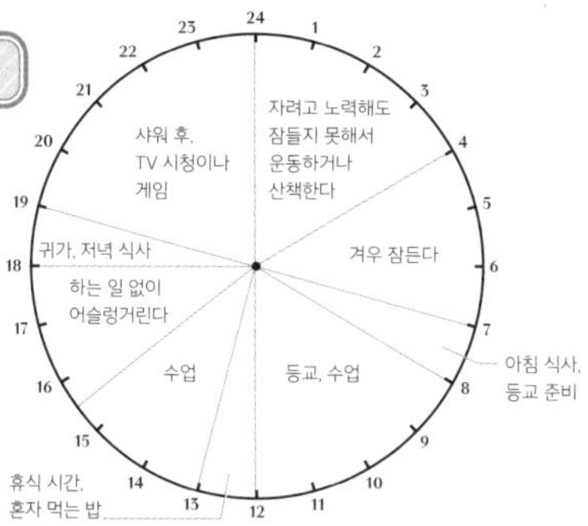

휴일

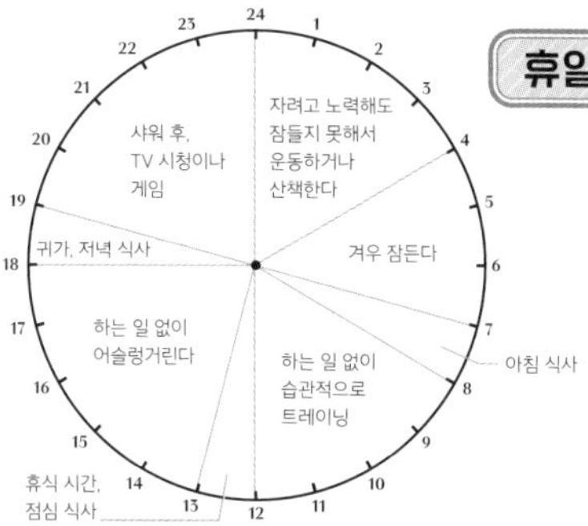

생활 스타일

아침형 or 저녁형	**평일:** 아침형	**휴일:** 아침형
수면시간	**평일:** 3시간	**휴일:** 3시간
식사 횟수	**평일:** 3회	**휴일:** 3회
식사 내용	**평일:** 집밥이나 외식	**휴일:** 집밥이나 외식
매일의 습관	습관화 되어버린 트레이닝은 계속하고 있다. 나머지는 특별한 것은 없다. 수면시간이 짧은 것은 트라우마 때문.	
정기적인 습관 (학습 등)	특별한 것은 없다.	
자택의 형태	**단독주택 / (아파트) / 빌라 / 그 외( )**	

소지품

가방의 내용물	게임기나 스마트폰 등, 일반적인 고등학생이 가지고 다닐 법한 물건. 다만 유행에서 2, 3년 뒤처졌다.
평소에 소지하는 것	전쟁터에서 사용했던 통신기
소중하게 여기는 것	사진 등 추억의 물건

p.056

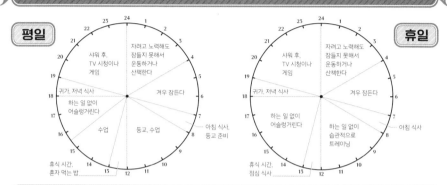

현대 학생 | 좋아하는 것과 싫어하는 것

	좋아하는 것 / 마음에 드는 것	싫어하는 것 / 잘 못하는 것 / 무관심한 것
물건	2, 3년 전의 유행	현재의 유행
사건 · 일어난 일	하고 싶은 일을 하는 것	하고 싶은 일을 할 수 없는 것
장소	조용한 곳	타인이 말을 걸 것 같은 장소
가게	전부터 다녔던 정식 음식점	번잡한 패스트푸드점
시설	벤치가 있는 공원	역, 비행장, 항구
음식	주먹밥	블록 모양의 영양보조식품
음료	녹차	특별히 없다.
색	파랑	빨강
계절	특별히 없다.	특별히 없다.
날씨	특별히 없다.	비
더위 / 추위	특별히 없다.	특별히 없다.
의복	특별히 없다.	특별히 없다.
말	'지금 하자'	'나중에 하자'
사람의 타입	하고 싶은 일을 하는 사람	참고 있는 사람
연애 감정을 품는 유형	잘 모른다.	잘 모른다.
공부	수학	국어
동물	개	새
꽃 / 식물	전반적으로 좋아함 (전쟁터에서는 없었으니까)	특별히 없다.

p.057

현대 학생 | 좋아하는 것과 싫어하는 것

소설	그다지 읽지 않아서 잘 모른다.	그다지 읽지 않아서 잘 모른다.
만화 · 애니메이션	2, 3년 전에 유행한 작품	최근 작품
영화 · 드라마	2, 3년 전에 유행한 작품	최근 작품
게임	2, 3년 전에 유행한 작품	최근 작품
음악	2, 3년 전에 유행한 작품	최근 작품
TV 프로그램	예능	다큐멘터리
그림	잘 모른다.	잘 모른다.
스포츠(플레이)	축구	특별히 없다.
스포츠(관전)	축구	특별히 없다.
도박	하지 않는다.	하지 않는다.
오락	위에 쓴 것 외에는 특별히 없다.	위에 쓴 것 이외에는 특별히 없다.
브랜드	잘 모른다.	잘 모른다.
전자기기	특별히 없다.	특별히 없다.
SNS	트위터(같은 것)	유행하는 것
어린이		보통
또래		어렵다
연상		보통
고령자		보통
집안일		보통
자신에 대한 것		지금은 싫어한다

p.058

현대 학생 | 일문일답	
음식 먹는 속도는 빠른가?	빨리 먹는 버릇이 생겼다.
음료는 따뜻한 것/차가운 것?	따뜻한 것은 식지만 차가운 것은 얼음이 녹는다. 어느 쪽이든 똑같다.
좋아하는 음식을 먼저 먹나?	먼저 먹는다. 언제까지 남아있을지 알 수 없다.
스마트폰은 무슨 색?	은색
비싼 물건을 살 때 사전 조사는 얼마나 하나?	갖고 싶으면 당장 사야 하는 게 아닌가?
구매 시 제일 고려하는 것은? (가격, 기능 등)	사고 싶은지 아닌지
절약하는 타입인가?	쓸 때는 쓴다.
저금은 하나?	모르는 사이에 거금이 쌓여서 주저 없이 쓴다.
돈은 어디에 쓰는지? / 무얼 아끼는지?	하고 싶은 일에 쓴다.
단순한 작업은 힘들어 하나?	집중하면 순식간이다.
잠들 때는 어떤 모습인가?	셔츠와 반바지
잠버릇은?	좋지도 나쁘지도 않다.
친구와 놀고 싶을 때 먼저 권유하나?	대체로 권유받는 쪽이었다.
모임에서 총무를 맡을 수 있는지?	하는 방법을 모른다.
일(아르바이트 및 학교)은 잘하는지?	필요하다면
인도어파? 아웃도어파?	특별히 어느 쪽도 아니다.
무인도에 가져가고 싶은 한 가지는?	나이프
학교행사, 자발적인 참여도는 어떠한지?	부탁받으면 비교적 뭐든 한다.
운동회/문화제 어느 쪽을 좋아하는지?	운동회
말을 하는 편인지, 듣는 편인지?	듣는 걸 잘하는 사람

p.059

현대 학생 | 일문일답

점술을 믿는지?	믿지 않는다.
본인만의 징크스가 있는가?	특별히 없다.
생활 속 루틴은 있는지?	특별히 없다.
부모님 생신에 어떻게 축하하는지?	가까이에 있지 않으니 축하할 길이 없다. 친척은 좋은 레스토랑에라도 데려갈까 한다.
서프라이즈를 좋아하나?	참아줬으면 좋겠다.
기계를 잘 다루는지?	보통이라고 생각한다.
외모가 잘생겼나?	모르겠다(잘생긴 편이긴 하다).
거짓말은 잘하는가?	모르겠다(잘 들키지 않는다).
얼굴에 감정이 드러나는 타입?	모르겠다(포커페이스인 편).
땀을 많이 흘리나?	그런 기미가 보이면 조절할 수 있다.
병원은 싫어하는지?	좋아하지 않는다.
옷차림에 많은 신경을 쓰는지?	최소한은 신경 쓴다.
현금파? 캐시리스파?	현금
멀미는 하는지?	하지 않는다.
친구가 싸우고 있다면 중재하는지?	한다.
손재주가 있는가?	그렇다.
앞뒤를 생각하는 타입?	생각하지 않는다.
약속 시간 전에 도착하는지?	5분 전에 행동한다.
스스로 리더가 되려 하는지? 추천에만 응하는지?	입후보는 하지 않는다.
살면서 가장 놀란 일은?	전쟁터에서 갑자기 추방당한 것

p.060

현대 사회인 1

이름	사카지마 유리나	이야기에서의 입장	여주인공
나이	28세	성별	여성
직업	사무직	입장(직무)	계약직 사원
생일	8월 29일	혈액형	AB형
출신지	가가와 현	현재 사는 곳	도쿄도 니시토쿄시
가족 구성	자취(고향에 아빠, 엄마, 오빠)	신앙	특별히 없다.

외모

키	150cm	체중	45kg
체형	보통	피부색	약간 흰 피부
머리 모양	세미 롱헤어	머리카락 색	검정
눈동자 색	검정	신체적인 특징(상처 등)	특별히 없다.
인상/표정	수수하다.		
의복	고교시절의 체육복을 집에서 입는 등 눈에 띄지 않는 것을 좋아한다.		

몸 상태

체질	옛날부터 쉽게 몸이 안 좋아지는 경향이 있다. 꽃가루 알레르기가 있다.
지병	특별히 없다.

특수 설정(특별한 능력이나 기능)

특별히 없다.

p.063

현대 사회인 2

성격, 내면	
대략적인 성격	**메인** (대범하고 까다롭지 않다) (느긋하다) **서브** (고집) (완고하다) (집착)
성격 형성의 에피소드	성격 자체는 비교적 타고났다. 인간관계에 대한 집착도 눈에 띄지 않았다. 어린 시절부터 그랬다.
상세한 성격	기본적으로는 까다롭지 않고 느긋한 누나 스타일. 다만 만화를 그리는 것에는 강한 고집이 있다. 또 친해진 상대를 약간 구속하는 수준으로 좋아하는 것(얀데레*에 가깝다)은 문제다. * 얀데레: 사랑하는 대상에게 병적으로 집착하는 사람
가치관	만화를 그리는 일이 가장 소중하다.
좌우명	지속의 중요성
버릇	스트레스가 쌓이면 우동을 만든다.
고집하는 것	만화를 혼자서 그리고 싶다.
양보할 수 없는 것	만화가가 되는 것
목표	만화가가 되는 것 (주인공과의 관계를 거쳐 이쪽을 우선시하고 고집을 버리게 된다)
멘탈의 강함	별로 강하지 않다.
생리적으로 받아들이지 못하는 것	특별히 없다.

p.066

현대 사회인 ③

능력	
좋아하는 것 (취미)	그림을 그리는 것, 요리
잘하는 것 (특기)	그림을 그리는 것
잘 못하는 것 / 약점	커뮤니케이션
도저히 할 수 없는 것	만화 그리기를 그만두는 것
학력	공부는 하지 않고 그림만 그렸기에 학력은 높지 않다.
지력(지식)	일반 상식과 비슷한 수준이다.
자격 / 전문지식	전산회계 2급
운동신경	몸치라 잘하는 스포츠는 없다.
사회성 / 사교성	친한 상대 외에는 최소한의 교류밖에 하지 않는다.
생활력	그럭저럭 잘한다.

p.067

현대 사회인 ④

이제까지 일어난 주요 사건	
0세	일본 가가와현에서 탄생
~8세	같은 반 친구가 권해준 소녀 만화가 너무 재밌어서 충격을 받는다.
~18세	만화를 좋아하는 소녀로 학창 시절을 보냈다. 취미로 자기도 만화를 그리게 되었다.
~20세	도쿄의 전문학교에 다니며 만화가를 목표로 한다.
~22세	아르바이트를 하면서 만화가를 목표로 했지만 좌절한다.
~25세	첫 번째 회사에서 일하지만, 일러스트만 그리게 해서 그만두었다.
~28세	두 번째 회사에서 일한다. 주인공과 만난다.
세	

이제까지 얻은 것	
학력	전문학교 졸업
병력	특별히 없다.
저금	그럭저럭했다(무슨 일이 있어도 당장은 곤란하지 않을 정도).
수집하는 것	오래된 만화

가족과의 관계	
함께 산다면 얼마나 얼굴을 맞대며 대화하는가?	
따로 산다면 얼마마다 고향을 찾아가는가?	일 년에 한 번은 고향에 간다.
사별했다면 가족을 어떻게 생각하는가?	

p.068

현대 사회인 5

하루의 생활 사이클

평일

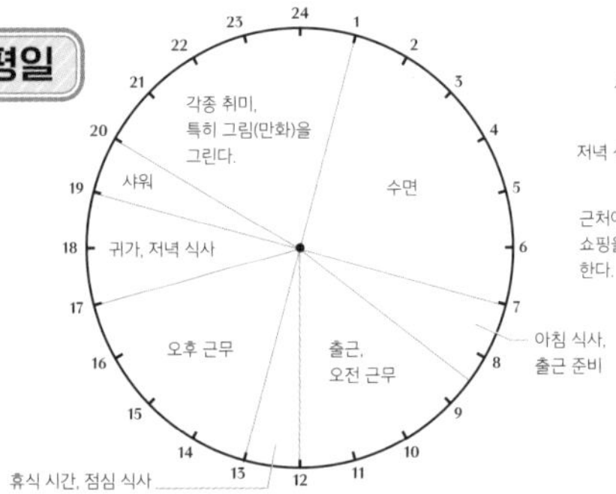

휴일

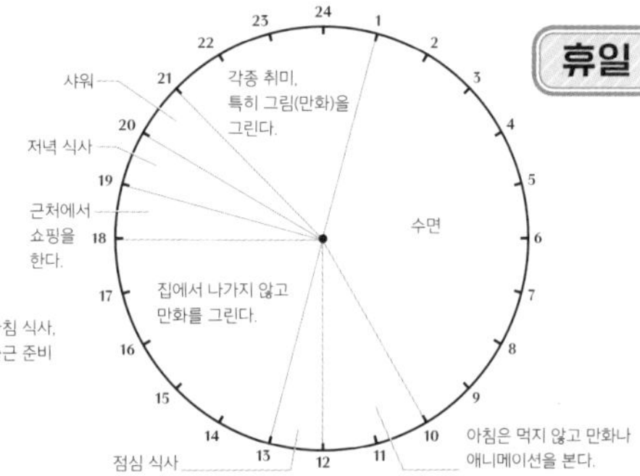

생활 스타일

아침형 or 저녁형	**평일:** 아침형	**휴일:** 저녁형
수면시간	**평일:** 6시간	**휴일:** 9시간
식사 횟수	**평일:** 3회	**휴일:** 2회
식사 내용	**평일:** 집밥이나 외식	**휴일:** 집밥이나 외식
매일의 습관	조금이라도 시간을 내서 그림을 그린다.	
정기적인 습관 (학습 등)	기분이 내키면 사람이 적은 시간에 스케치하러 외출한다.	
자택의 형태	단독주택 / (아파트) / 빌라 / 그 외( )	

소지품

가방의 내용물	정리를 잘 못하므로 다양한 물건이 너저분하게 뒤섞여 있다. 그래도 쓰레기는 제대로 버린다.
평소에 소지하는 것	가방에 들어가는 작은 스케치북과 펜
소중하게 여기는 것	가장 처음에 좋아하게 된 만화책 단행본

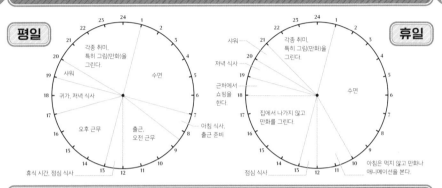

현대 사회인 | 좋아하는 것과 싫어하는 것

	좋아하는 것 / 마음에 드는 것	싫어하는 것 / 잘 못하는 것 / 무관심한 것
물건	최근에 산 타블렛	특별히 없다
사건 · 일어난 일	그림을 그리고 있을 때	옷을 살 때 점원이 말을 건 일
장소	자택	사람이 많은 곳
가게	단골 우동 가게	쇼핑몰
시설	도서관	사람이 많은 역
음식	우동	소바
음료	녹차	블랙커피
색	흰색	빨간색
계절	가을	꽃가루 알레르기가 있어서 봄
날씨	특별히 없다.	특별히 없다.
더위 / 추위	에어콘이나 고타츠가 있으면 괜찮다.	밖은 싫다.
의복	운동복	좋은 옷 입고 꾸미기
말		강한 말, 상처 주는 말
사람의 타입	상냥한 사람	강요하는 사람
연애 감정을 품는 유형	쭉쭉 당기는 사람	아무것도 말하지 않는 사람
공부		전반적으로 잘 못한다.
동물	쥐	뱀
꽃 / 식물	민들레	특별히 없다.

p.072

현대 사회인 | 좋아하는 것과 싫어하는 것		
소설	만화의 소설화라면 읽는다.	특별히 없다.
만화	전반적으로 좋아한다.	특별히 없다.
애니메이션	원작이 만화라면 본다.	특별히 없다.
영화 · 드라마	원작이 만화라면 본다.	특별히 없다.
게임	약간의 액션 게임 정도라면 좋아한다.	특별히 없다.
음악	약간 끈적한 느낌의 여자 가수의 곡	특별히 없다.
TV 프로그램		그다지 보지 않는다.
그림	풍경화 등을 자주 본다.	특별히 없다.
스포츠(플레이)	특별히 없다.	특별히 없다.
스포츠(관전)	축구는 꽤 좋아하지만, 텔레비전으로 보는 것만 좋다.	격투기. 아플 것 같다.
도박		무서워서 하지 않는다.
오락	그림을 그리는 것	특별히 없다.
브랜드		잘 모른다.
전자기기		나름대로 사용하고 있지만 집착하지 않는다.
SNS		팔로워는 꽤 있으나 크게 집착하지 않는 편이다.
어린이		대하기 어렵다.
또래		대하기 어렵다.
연상		대하기 어렵다.
고령자		대하기 어렵다.
집안일	불편함 없이 할 수 있다.	
자신에 대한 것		그다지 좋아하지 않는다.

p.073

현대 사회인 | 일문일답	
음식 먹는 속도는 빠른가?	느긋하게 즐기고 싶다.
음료는 따뜻한 것/차가운 것?	따뜻한 녹차를 좋아한다.
좋아하는 음식을 먼저 먹나?	참을 수 없어서 먼저 먹는다.
스마트폰은 무슨 색?	흰색
비싼 물건을 살 때 사전 조사는 얼마나 하나?	확실하게 조사한다.
구매 시 제일 고려하는 것은? (가격, 기능 등)	저렴한 물건을 사는 경향이 있다.
절약하는 타입인가?	기본은 절약
저금은 하나?	조금씩 하고 있다.
돈은 어디에 쓰는지? / 무얼 아끼는지?	생활비를 아끼는 편이다.
단순한 작업은 힘들어 하나?	집중력은 있다.
잠들 때의 모습은 어떤가?	운동복
잠버릇은?	좋다.
친구와 놀고 싶을 때 먼저 권유하나?	기다리는 쪽
모임에서 총무를 맡을 수 있는지?	하지 않는다, 못 한다.
일(아르바이트 및 학교)은 잘하는지?	단순 작업이라면 잘한다.
인도어파? 아웃도어파?	인도어파
무인도에 가져가고 싶은 한 가지는?	만화
술을 얼마나 마실 수 있나?	금방 얼굴이 빨개진다.
술에 취하면 어떻게 되는가?	쾌활해진다.
말을 하는 편인지, 듣는 편인지?	둘 다 잘하는 편은 아니다.

p.074

현대 사회인 | 일문일답	
점술을 믿는지?	믿는다.
본인만의 징크스가 있는가?	펜촉 등 옛날 도구를 남겨둔다.
생활 속 루틴은 있는지?	특별히 없다.
부모님 생신에 어떻게 축하하는지?	전화한다.
서프라이즈를 좋아하나?	누가 해주는 건 좋아한다.
기계를 잘 다루는지?	나름대로 사용한다.
외모가 잘생겼나?	그렇지 않다.
거짓말은 잘하는가?	못한다.
얼굴에 감정이 드러나는 타입?	드러난다.
땀을 많이 흘리나?	그렇다.
병원은 싫어하는지?	대기실은 싫어한다.
옷차림에 많은 신경을 쓰는지?	노력은 하고 있다고 생각한다.
현금파? 캐시리스파?	현금(캐시리스는 무섭다)
멀미는 하는지?	한다. 특히 배는 힘들다.
친구가 싸우고 있다면 중재하는지?	하고 싶다(할 수 없지만).
손재주가 있는가?	그림에만 손재주가 있는 편이다.
앞뒤를 생각하는 타입?	생각하지 못한다.
약속 시간 전에 도착하는지?	15분 전에 간다.
스스로 리더가 되려 하는지? 추천에만 응하는지?	양쪽 다 싫다.
살면서 가장 놀란 일은?	작화 담당을 맡아달라고 주인공에게 부탁받았을 때

p.075

마법사 ❶

이름	기르반 · 그레이어스	이야기에서의 입장	라이벌
나이	41세	성별	남성
종족	인간(마도 기계)	직업 / 학년 / 직위	장군
생일	페가수스월 12일	혈액형	혈액형 개념은 없다.
출신지	제국 변경 마을	현재 사는 곳	수도 디라젠
가족 구성	아들 1명	신앙	없다(살아있을 때는 빛의 신).

외모

키	175cm	체중	200kg(기계 부분 포함)
체형	듬직한 편	피부색	흰 피부
머리 모양	짧은 머리	머리카락 색	갈색
눈동자 색	갈색	신체적인 특징 (상처 등)	사이보그
인상/표정	무표정의 바위 같은 얼굴.		
의복	군복 및 군용 이외의 옷은 갖고 있지 않다.		

몸 상태

체질	육체 부분은 인간 그대로다.
지병	특별히 없지만 기계 상태가 좋지 않거나 불안정한 부분이 있다.

특수 설정(특별한 능력이나 기능)

원래 인간이었으며 강력한 마법사였다. 10년 전 인간으로서 죽음을 맞이했으나(뇌사) 마도 기계를 뇌 중심으로 신체의 각 부위에 연결해 로봇으로 되살아났다. 마법은 치유 마법 외의 것들을 두루 사용한다.

p.078

마법사 2

성격, 내면	
대략적인 성격	**메인** (무감정) (의지가 없다) **서브** (엄격) (애정이 깊다) (책임감)
성격 형성의 에피소드	생전에는 자신에게도 남에게도 엄격한 사람이었지만, 성실한 인품이어서 많은 사람에게 사랑받았다. 인간으로서 죽음을 맞이하고 마도 기계화 된 결과, 성격이 변했다.
상세한 성격	'무감정하고 윗사람의 지시만을 따르는 인간'이 되었다. 그러나 생전의 성격과 감정이 모두 사라져 버린 건 아닌 듯한 게, 성실한 인간에게는 태도가 조금 부드러워지는 모습을 보인다.
가치관	제국의 번영 · 안정을 가장 우선시하도록 입력되어 있다.
좌우명	없음
버릇	생전에 수염을 만지던 버릇이 남아있다.
고집하는 것	없음
양보할 수 없는 것	없음
목표	없음
멘탈의 강함	마음이 꺾이는 일은 없다(생전에도 몹시 강했다).
생리적으로 받아들이지 못하는 것	과거를 떠올리게 하는 것을 보면 동요한다.

p.081

능력	
좋아하는 것 (취미)	취미 없음(생전에는 악기연주)
잘하는 것 (특기)	절대적인 마력량과 정밀한 컨트롤(생전에 비하면 떨어진다)
잘 못하는 것 / 약점	인간적인 커뮤니케이션에는 한계가 있다.
도저히 할 수 없는 것	웃는 것
학력	학습은 할 수 있다.
지력(지식)	생전 지식에 추가로 막대한 지식을 수집했다.
자격 / 전문지식	특별히 없다.
운동신경	뛰어나다(생전과 동일).
사회성 / 사교성	낮다.
생활력	인간적인 의미의 생활은 하지 않는다.

p.082

마법사 ④

이제까지 일어난 주요 사건	
0세	제국 변경의 작은 마을에서 태어났다.
8세	강대한 마력을 발현했다.
10세	마법 학교에서 특기생으로 공부하게 되었다.
18세	마법 학교를 수석으로 졸업한다.
18세~	제국 마법 기사단에 입대, 수많은 활약을 한다.
25세	대장의 소개로 알게 된 여성과 결혼한다. 맞선 같은 형태였지만 쌍방이 서로에게 끌렸다.
26세	장남을 낳았다.
31세	마법기사단장으로 제국에 침입하는 외적을 격퇴하고 사망했다.
31세~	마도 과학기술로 개조되어 국가 전력으로 운용된다.

이제까지 얻은 것	
학력	제국 마법 학교를 수석으로 졸업
병력	특별히 없다.
저금	장군으로서의 수입은 그대로 아들에게 보낸다.
수집하는 것	특별히 없다.

가족과의 관계	
함께 산다면 얼마나 얼굴을 맞대며 대화하는가?	
따로 산다면 얼마마다 고향을 찾아가는가?	죽은 후에 아들과는 만나지 않았다.
사별했다면 가족을 어떻게 생각하는가?	아내를 향한 애정은 지금도 남아있다.

p.083

하루의 생활 사이클

평일

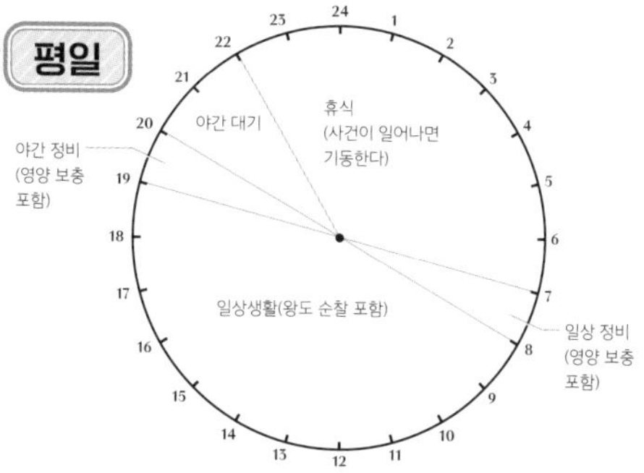

휴일

생활 스타일

아침형 or 저녁형	**평일:** 아침형	**휴일:** 기동 정지
수면시간	**평일:** 9시간	**휴일:** 기동 정지
식사 횟수	**평일:** 2회	**휴일:** 하지 않는다.
식사 내용	**평일:** 기계에 의한 영양 보급	**휴일:** 하지 않는다.
매일의 습관	특별히 없다.	
정기적인 습관 (학습 등)	매월 반드시 점검을 받는다(휴일은 점검일이다).	

소지품

가방의 내용물	임무에 필요한 도구 · 서류
평소에 소지하는 것	특별히 없다.
소중하게 여기는 것	특별히 없다.

p.086

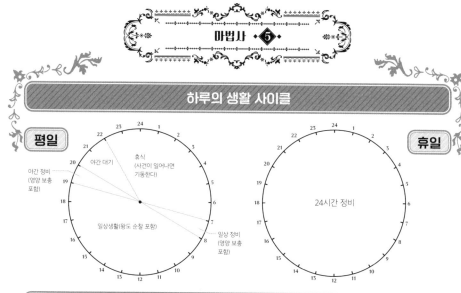

마법사 | 좋아하는 것과 싫어하는 것

	좋아하는 것 / 마음에 드는 것	싫어하는 것 / 잘 못하는 것 / 무관심한 것
물건	생전에는 가족과 관련된 것	특별히 없다.
사건 · 일어난 일	생전에는 가족과 지내는 일	생전에는 도박
장소	생전에는 아내와 좋아했던 데이트 장소인 공원	특별히 없다.
가게		특별히 없다.
시설		특별히 없다.
음식	생전에는 아내가 만들어 준 조림 요리	특별히 없다.
음료	생전에는 친구와 마시던 포도주	특별히 없다.
요리(조리)		하지 않는다(생전부터 하지 않았다).
외식	생전에는 단골 레스토랑이 있었다.	하지 않는다.
색	검은색	흰색
계절	생전에는 겨울	생전에는 여름
날씨	생전에는 바람이 강한 날	특별히 없다.
더위 / 추위	생전에는 추위에 강했다.	특별히 없다.
아침 / 점심 / 저녁		특별히 없다(생전부터 없었다).
의복	생전에는 아내가 골라준 옷	특별히 없다.
미용		생전에도 지금도 흥미가 없다.
말		특별히 없다(생전은 '나중에 하자').
사람의 타입	생전에는 거짓말을 하지 않는 사람	특별히 없다(생전부터 없었다).
연애 감정을 품는 유형	생전에는 온화하고 상냥한 사람	특별히 없다.

p.087

마법사 | 좋아하는 것과 싫어하는 것

공부	생전에는 잘하고 좋아했다.	특별히 없다.
동물	생전에는 개	생전에는 고양이
꽃 / 식물		생전에도 지금도 흥미가 없다.
이야기	생전에는 고향의 영웅 이야기	특별히 없다.
예술		생전에도 지금도 흥미가 없다.
오락	생전에는 마법의 연구	특별히 없다.
운동(스포츠)	생전에는 몸을 움직이는 것을 좋아했다.	특별히 없다.
어린이	지금도 작게나마 호의적이다.	특별히 없다.
또래		특별히 없다(생전부터 없었다).
연상		특별히 없다(생전부터 없었다).
고령자	지금도 작게나마 호의적이다.	특별히 없다.
집안일		생전부터 전혀 못했다.
자신에 대한 것		지금, 아무도 모르게 자신을 미워하고 있다.
마법의 속성	화염	치유
마법서		필요 없다(마도 기계가 보충하고 있다).
사역마		필요 없다(마도 기계가 보충하고 있다).
마법약		필요 없다(마도 기계가 보충하고 있다).
마법 연구		하지 않는다.
마법약 조합		하지 않는다.
타인과의 커뮤니케이션		최소한만 가능하다.

마법사 | 일문일답	
음식 먹는 속도는 빠른가?	영양 보충은 금방 끝난다.
음료는 따뜻한 것/차가운 것?	호불호는 없다(생전에는 뜨거운 음료를 잘 못 마셨다).
좋아하는 음식을 먼저 먹나?	다양한 식사를 하지 않는다(생전에는 마지막에 먹으려고 남겨뒀다).
시끄러운 장소 or 조용한 장소, 집중이 가능한 곳은?	소음에 영향을 받지 않는다.
비싼 물건을 살 때 사전 조사는 얼마나 하나?	쇼핑은 하지 않지만, 사전 조사는 공을 들인다.
구매 시 제일 고려하는 것은? (가격, 기능 등)	쇼핑은 하지 않지만, 기능을 중시하는 편이다.
절약하는 타입인가?	생전에는 절약하는 사람
저금은 하나?	생전에는 했다.
돈은 어디에 쓰는지? / 무얼 아끼는지?	아이와 부하를 위해 사용했다(지금도 어떤 의미로는 동일).
단순한 작업은 힘들어 하나?	할 수 있다.
잠들 때의 모습은 어떤가?	잠든 그대로
잠버릇은?	움직이지 않는다.
친구와 놀고 싶을 때 먼저 권유하나?	권유하지 않는다.
모임에서 총무를 맡을 수 있는지?	하지 않는다(생전에는 했다).
일(아르바이트 및 학교)은 잘하는지?	그렇다.
인도어파? 아웃도어파?	생전은 인도어파
무인도에 가져가고 싶은 한 가지는?	아무것도 가지고 가지 않는다.
술을 얼마나 마실 수 있나?	마시지 않는다(생전에는 술고래였다).
술에 취하면 어떻게 되는가?	취하지 않는다(생전에도 얼굴색 하나 변하지 않았다).
말을 하는 편인지, 듣는 편인지?	구태여 이야기하자면 잘 듣는 사람

p.089

마법사 | 일문일답

점술을 믿는지?	믿지 않는다.
본인만의 징크스가 있는가?	없다(생전에는 위험한 임무 전에 가족과 보냈다).
생활 속 루틴은 있는지?	없다.
부모님 생신에 어떻게 축하하는지?	이미 돌아가셨다.
서프라이즈를 좋아하나?	생전에는 기뻐했다.
기계를 잘 다루는지?	기계와의 상성이 좋다.
외모가 잘생겼는가?	잘생기지는 않았다.
거짓말은 잘하는가?	진실도 거짓말도 똑같이 말한다.
얼굴에 감정이 드러나는 타입?	얼굴에는 드러나지 않는다(생전에는 의외로 얼굴색이 변했다).
땀을 많이 흘리나?	흘리지 않는다.
컨디션이 안 좋을 때 대처방법은?	치료를 받는다.
옷차림에 많은 신경을 쓰는지?	신경 쓰지 않는다.
멀미는 하는지?	하지 않는다.
친구가 싸우고 있다면 중재하는지?	하지 않는다.
손재주가 있는가?	없다.
앞뒤를 생각하는 타입?	생각한다(생전에는 의외로 생각하지 않았다).
약속 시간 전에 도착하는지?	시간에 맞춰 간다.
스스로 리더가 되려 하는지? 추천에만 응하는지?	리더는 할 수 없다(생전에는 추천을 받는 타입이었다).
살면서 가장 놀란 일은?	지금은 아무것도 없다(생전에는 가족이 생긴 것).
마법을 어떻게 생각하는가?	아무 느낌이 없다(생전에는 자랑스러웠다).

p.090

엘프 1

이름	유리아누스 발로	이야기에서의 입장	라이벌 · 제3세력
나이	약 2,000세	성별	남성
직업	없음	입장	왕자
생일	청(靑)의 월 3일	출신지	발로국 수도 미로 · 자레
가족 구성	부모님과 형, 여동생	현재 살고 있는 곳	출신지와 동일
신앙	창조신 자레		

외모			
키	185cm	체중	90kg
체형	튼튼하고 다부짐	피부색	어깨까지 오는 장발
머리카락 색	금발	눈동자 색	녹색
신체적인 특징 (상처 등)	오른쪽 뺨에 작은 상처	인상/표정	콧날이 날카로운 미형
의복	녹색 중심으로 금색을 섞은 호화로운 복장. 망토. 허리에는 항상 검을 차고 있다.		

몸 상태	
체질	일반적인 음식은 입에 대지 않는다.
지병	일반적인 병에는 걸리지 않는다.

특수 설정(특별한 능력이나 기능)

이 세계의 엘프는 신의 후예로, 인간보다 명백히 신에 가까운 존재다. 주인공은 특히 왕족이라는 고위 신분이다. 마법적인 힘을 가졌지만, 대신에 인간보다 훨씬 불안정한 존재라서 감정의 균형이 무너지거나 하면 타락(악마로 전환)할 가능성이 있다. 피가 옅은 엘프는 일반적인 이미지의 엘프에 가까우며 왕도를 둘러싼 숲 등에서 살고 있다.

p.093

성격, 내면	
대략적인 성격	**메인** (고귀하다) (책임감) **서브** (호기심) (고집이 세다) (열등감)
성격 형성의 에피소드	엘프 왕족으로 태어나 유독 바깥세상에 흥미를 갖는 반항아 성질을 지녔다. 이 성질로 인해 엘프 왕족으로서의 교육과 전통이나 권위에 반항하는 성격이 되었다.
상세한 성격	기본적으로는 '고귀한 왕족'이지만, 적극적으로 서민과 어울리는 모습도 지닌 소탈한 성격이다. 활발한 정신 속에 엘프 왕족으로서의 고집, 자부심, 왕국을 유지하는 의무감을 가지고 있다.
가치관	서민적인 가치관을 이해하면서도 근본적으로는 왕족 · 신의 후예라는 가치관을 버리지 못한다.
좌우명	사라지기 때문에 아름다운 것이 있다.
버릇	검을 가까이에 두지 않으면 불안하다.
고집하는 것	엘프 왕족이라는 것
양보할 수 없는 것	세계를 멸망에서 구하는 것
목표	없다.
멘탈의 강함	인간과 비교하면 강하다.
생리적으로 받아들이지 못하는 것	민달팽이

p.096

엘프 3

능력

좋아하는 것 (취미)	검술 훈련, 시합, 독서
잘하는 것 (특기)	나무를 사용한 조각
잘 못하는 것 / 약점	엘프 왕족으로서 원래의 역할인 정무를 싫어한다.
도저히 할 수 없는 것	나라를 완전히 떠나는 것
지력(지식)	세계관에서 정상급 지식량을 갖고 있다.
마법 지식 · 능력	엘프 왕족 중에서도 몹시 뛰어난 마법사로, 새로운 마법을 여러 개 고안했다.
운동신경	매우 뛰어나다.
활 다루기	평범하게 사용하지만 좋아하지 않는다(이 세계의 엘프에게 있어서 활은 의식에 사용하는 무기).
사회성 / 사교성	나름대로 있지만 스트레스를 받는다.
생활력	혼자서 여행할 수 있다.

p.097

이제까지 일어난 주요 사건

0세	탄생
~100세	엘프 왕족의 유년기는 이 나이까지. 이미 마법적 재능이 보인다.
~500세	이때까지 수도 및 국내를 돌며 기술과 지식을 얻는다.
500세~	10년에 한 번 정도 국외를 방랑한다.
1,990세	주인공의 스승과 칼을 들고 싸워 상처를 입는다.
세	
세	
세	
세	

이제까지 얻은 것

정령과의 교감	엘프 왕족에게 정령은 당연히 존재하는 하수인이다.
병력	약간의 타락의 징후를 감추고 있다.
재산	왕족으로서뿐만 아니라 개인적으로도 재산을 쌓고 있다.
수집하는 것	세계를 위협할지도 모르는 사건 · 인물의 정보

가족과의 관계

함께 산다면 얼마나 얼굴을 맞대며 대화하는가?	왕족으로서 최소한의 교류만 하고 있다. 가족은 그를 걱정하고 있지만 본인은 싫어한다.
따로 산다면 얼마마다 고향을 찾아가는가?	
사별했다면 가족을 어떻게 생각하는가?	

p.098

엘프 5

하루의 생활 사이클

평일

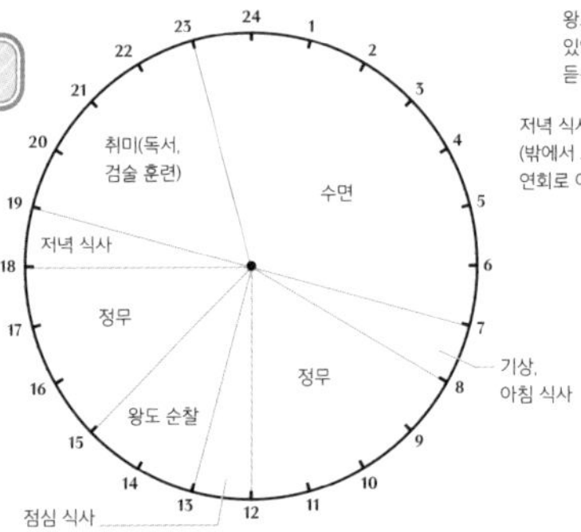

휴일

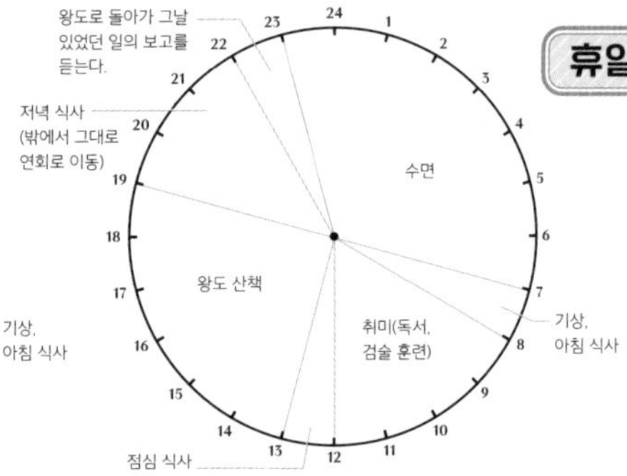

생활 스타일

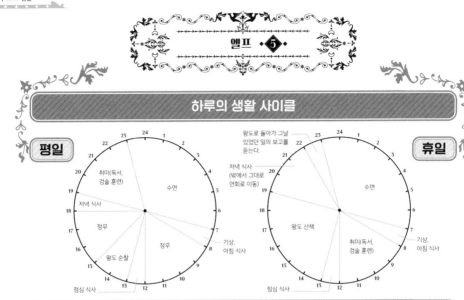

아침형 or 저녁형	**평일:** 아침형	**휴일:** 아침형
수면시간	**평일:** 8시간	**휴일:** 8시간
식사 횟수	**평일:** 3회	**휴일:** 3회
식사 내용	**평일:** 호화	**휴일:** 검소
매일의 습관	검술 단련	
정기적인 습관 (연중행사 등)	10년마다 한 번씩 국외로 방랑하는 습관이 있었다. 근래에는 세계정세의 변화에 따라 왕도에 있는 일이 줄어들고 있다.	

소지품

가방의 내용물	왕도에서는 가방을 갖고 다니지 않는다. 방랑 중에는 모포 등 여행을 위한 도구를 마법주머니에 넣어둔다. 식사에 필요한 특별 재료도 상비하고 있다.
평소에 소지하는 것	검
소중하게 여기는 것	검

p.101

엘프 | 좋아하는 것과 싫어하는 것

	좋아하는 것 / 마음에 드는 것	싫어하는 것 / 잘 못하는 것 / 무관심한 것
물건	검	특별히 없다.
사건 · 일어난 일	방랑	정무
장소	바깥세상	왕도
가게	본 적 없는 가게	특별히 없다.
시설	특별히 없다.	왕궁
음식	특별히 없다.	엘프 왕족을 위한 식사
음료	특별히 없다.	엘프 왕족을 위한 식사
요리(조리)	특별히 없다.	엘프 왕족을 위한 식사
색	녹색	붉은색
계절	봄	겨울
날씨	맑은 날	비 오는 날
더위 / 추위	특별히 없다.	특별히 없다.
아침 / 점심 / 저녁	특별히 없다.	특별히 없다.
의복		관심 없지만 무의식적으로 정돈한다.
미용		관심 없지만 무의식적으로 정돈한다.
말		애매모호한 말 돌리기는 좋아하지 않는다.
엘프의 타입	꾸밈없는 솔직한 성격을 좋아한다.	이른바 엘프다운 엘프
연애 감정을 품는 유형	생명력이 넘치는 사람이 취향이다.	특별히 없다.

p.102

엘프 | 좋아하는 것과 싫어하는 것		
공부		의식하지 않고도 할 수 있다.
동물	다양한 동물에게 평등	특별히 없다.
꽃 / 식물	다양한 식물에게 평등	특별히 없다.
이야기	창세신화	특별히 없다.
예술	소박한 것	거창한 것
오락	음악	어수선한 것
운동(스포츠)	승마	특별히 없다.
어린이		특히 흥미가 없다.
또래		거의 없다.
연상		거의 없다.
고령자	신과 같은 존재이므로 이야기를 해 보고 싶다.	특히 없다.
집안일		필요하다면 할 수 있다.
궁술의 단련		의식으로서 필요하지만 좋아하지 않는다.
활 만들기		의식으로서 필요하지만 좋아하지 않는다.
마법의 속성		엘프 왕족은 모든 속성을 다룰 수 있다.
요정		별로 흥미가 없다.
인간	호기심을 갖고 있다.	특별히 없다.
인간 이외의 타종족		그다지 흥미가 없다.
동족과의 커뮤니케이션		그다지 흥미가 없다.
타종족과의 커뮤니케이션	인간의 행동에 흥미가 있다.	특별히 없다.
자신에 대한 것		굳이 따지자면 좋아하지는 않는다.

p.103

엘프	일문일답	
음식 먹는 속도는 빠른가?	상황에 따라 다르지만, 엘프 왕족용 식사는 양이 적은 편이다.
음료는 따뜻한 것/차가운 것?	상온인 음료가 부담이 적다.
좋아하는 음식을 먼저 먹나?	고를 만큼의 선택지가 없다.
시끄러운 장소 or 조용한 장소, 집중이 가능한 곳은?	결국은 조용한 장소
가격이 비싼 물건을 살 때 조사는 얼마나 하는가?	고민하지 않는 편이다.
구매 시 제일 고려하는 것은? (가격, 기능 등)	돈 때문에 곤란했던 적이 거의 없다.
절약하는 타입인가?	신경 쓴 적이 없다.
저금은 하나?	그러고자 한다면 할 수 있지만, 신경쓰지 않는다.
돈은 어디에 쓰는지? / 무얼 아끼는지?	그때그때 필요한 것을 사는 데 쓴다.
단순한 작업은 힘들어 하나?	정무 이외라면 할 수 있다.
잠들 때의 모습은 어떤가?	넉넉한 옷을 입는다.
잠버릇은?	죽은 듯이 잔다.
친구와 놀고 싶을 때 먼저 권유하나?	먼저 권유한다.
모임에서 총무를 맡을 수 있는지?	한다.
일(아르바이트 및 학교)은 잘하는지?	마음만 먹는다면 잘 한다.
인도어파? 아웃도어파?	아웃도어파
무인도에 가져가고 싶은 한 가지는?	엘프 왕족용 식사
술을 얼마나 마실 수 있나?	타락에 가까워질 위험이 있으므로 피한다.
술에 취하면 어떻게 되는가?	취한 적 없어서 모르겠다(실제로는 어지럽다).
말을 하는 편인지, 듣는 편인지?	둘 다 잘한다.

p.104

엘프	일문일답	
점술을 믿는지?	엘프 왕족은 어느 정도 미래를 예지할 수 있는 자가 있다.
본인만의 징크스가 있는가?	특별히 없다.
생활 속 루틴은 있는지?	특별히 없다.
부모님 생신에 어떻게 축하하는지?	가족 의식에 참가한다.
서프라이즈를 좋아하나?	좋아하지 않는다.
마술이나 활 이외의 기술도 잘 다루나?	가장 의지하는 것은 검
외모가 잘생겼나?	그렇다.
거짓말은 잘하는가?	엘프 왕족 기준으로는 잘한다(인간 기준으로도 잘한다).
얼굴에 감정이 드러나는 타입?	엘프 왕족 기준으로는 드러난다(인간 기준으로는 드러나지 않는다).
땀을 많이 흘리나?	거의 흘리지 않는다.
컨디션이 안 좋을 때 대처방법은?	잔다(자면 낫는다).
옷차림에 많은 신경을 쓰는지?	최소한으로
멀미는 하는지?	하지 않는다.
친구가 싸우고 있다면 중재하는지?	나름대로는 하는 편이다.
손재주가 있는가?	있다.
앞뒤를 생각하는 타입?	가끔 생각하고 싶지 않아진다.
약속 시간 전에 도착하는지?	가능한 약속 시간 전에 도착하려 한다(정확한 기계 시계가 없는 세계이다).
스스로 리더가 되려 하는지? 추천에만 응하는지?	가능하면 리더가 되고 싶지 않다.
살면서 가장 놀란 일은?	상처를 입은 일
동료를 어떻게 생각하는가?	특별한 감정은 없다.

p.105

미래인 1

이름	린도 카나	이야기에서의 입장	서브 여주인공, 적
나이	약 3,300세(자칭 15세)	성별	여성
종족	인간을 받아들인 신	직업/학년/입장	여고생
생일	12월 25일	혈액형	O형
출신지	이 세상 어딘가에서 솟아났다.	현재 사는 곳	도쿄 근교 도시
가족 구성	야마토와 마나	신앙	없다

외모			
키	140cm	체중	35kg
체형	마른 체형	피부색	흰 피부
머리 모양	롱 헤어	머리카락 색	파랑
눈동자 색	붉은색	신체적인 특징(상처 등)	특별히 없다.
인상/표정	귀엽다	의복	항상 교복

몸 상태	
체질	신이므로 상처는 바로 낫는다.
지병	신이므로 병에 걸리지 않는다.

특수 설정(특별한 능력이나 기능)

린도 카나는 미래 시점에서의 신인 마나(여주인공)가 야마토(주인공)의 육체를 흡수한 존재이다. 흡수 후 300년 정도 시간이 지나 존재가 안정된 후, 신의 힘을 사용해 시간 여행을 왔다. 과학 도구들(레이저 및 하늘을 자유로이 나는 날개 등)의 위험성 탓에 자신이 가진 힘을 숨기고 있다(혼혈이어서 대단한 힘은 없다고 거짓말하고 있다).

p.108

미래인 2

성격 , 내면

대략적인 성격	**메인** (밝다) (태평스럽고 해맑다) **서브** (집착) (신비롭다) (적극적)
성격 형성의 에피소드	마나가 야마토를 흡수해 변화한 캐릭터이기에 성격은(적어둔 각종 취향 등도 포함) 마나의 것을 기반으로 야마토의 요소를 추가했다.
상세한 성격	매일 밝고 즐겁게 행동한다. 인생이 즐거워서 견딜 수 없다는 인상을 준다(단, 야마토와 가까이 있을 때만이며, 없을 때는 신으로서의 신비한 수수께끼 같은 얼굴이 나타난다).
가치관	기본적으로 인간을 지배할 수 있다고 생각하나, 원래 가지고 있던 야마토에 대한 집착과 함께 야마토를 흡수하면서 인간적인 집착과 동요를 더욱 갖게 되었다.
좌우명	야마토가 전부다.
습관	야마토의 습관(이마를 손가락으로 누른다)을 이어받았다.
고집하는 것	야마토
양보할 수 없는 것	야마토
목표	야마토가 죽지 않게 만들기.
멘탈의 강함	마나였던 시절과 비교하면 약간 약해졌다.
생리적으로 받아들이지 못하는 것	자기 생각을 바꾸는 것

p.111

미래인 3

능력	
좋아하는 것 (취미)	야마토와 함께 지내는 것
잘하는 것 (특기)	신의 힘을 사용하면 무엇이든 할 수 있다. 미래의 과학 도구도 상당히 잘 사용할 수 있다.
잘 못하는 것 / 약점	특별히 없다.
도저히 할 수 없는 것	진정한 의미로 인간과 섞이는 것
학력	없다(머리는 아주 좋다).
지력(지식)	미래의 일을 알고 있다.
자격 / 전문지식	특별히 없다.
운동신경	몹시 뛰어나다.
사회성 / 사교성	없지는 않다.
생활력	괴멸적

p.112

미래인 4

이제까지 일어난 주요 사건

~약 3,000세	마나와 같다. 야마토를 만나 집착하게 되었다.
약 3,005세	죽은 야마토를 받아들여 '카나'가 되었다.
~약 3,300세	불안정한 상태로 방황한다.
약 3,300세	존재가 안정되어 시간을 뛰어넘어 야마토 · 마나와 만났다.
세	
세	
세	
세	

이제까지 얻은 것

학력	없다.
병력	없다.
저금	없다(원하면 돈 정도는 얼마든지 만들 수 있다).
수집하는 것	야마토와의 추억(형태로는 남기지 않는다)

가족과의 관계

함께 산다면 얼마나 얼굴을 맞대며 대화하는가?	야마토와 찰싹 달라붙어 있기, 마나와는 서로 으르렁거린다.
따로 산다면 얼마마다 고향을 찾아가는가?	
사별했다면 가족을 어떻게 생각하는가?	

p.113

미래인 5

하루의 생활 사이클

평일

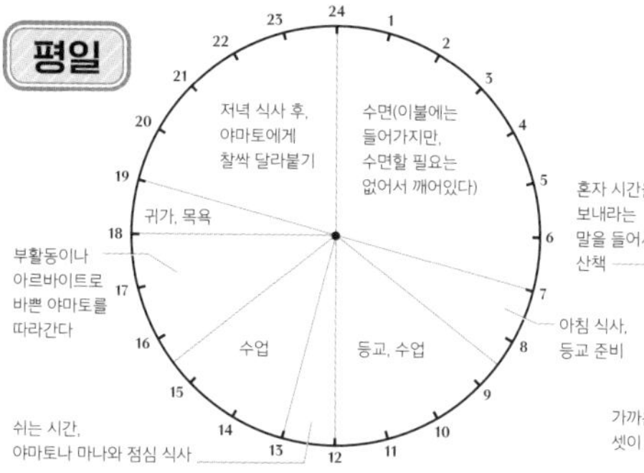

휴일

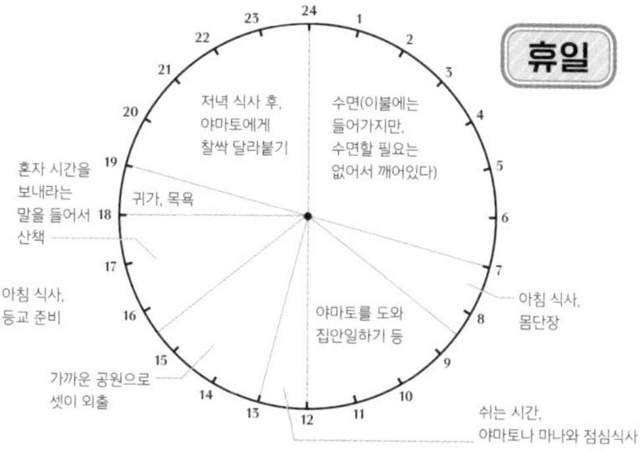

생활 스타일

아침형 or 저녁형	**평일:** 아침형	**휴일:** 아침형
수면시간	**평일:** 7시간(실제로는 불필요)	**휴일:** 7시간(실제로는 불필요)
식사 횟수	**평일:** 3회(실제로는 불필요)	**휴일:** 3회(실제로는 불필요)
식사 내용	**평일:** 일반식	**휴일:** 일반식
매일의 습관	야마토에게 달라붙기	
정기적인 습관 (학습 등)	특별히 없다.	

소지품

가방의 내용물	자신이 생각한 '여고생다운 물건' (매미 허물이 들어 있는 등, 일반 여고생의 소지품과는 거리가 멀다)
평소에 소지하는 것	특별히 없다.
소중하게 여기는 것	'물건'은 특별히 없다.

p.116

미래인 | 좋아하는 것과 싫어하는 것

	좋아하는 것 / 마음에 드는 것	싫어하는 것 / 잘 못하는 것 / 무관심한 것
물건	야마토와 관련된 것	야마토와 관련되지 않은 것
사건 · 일어난 일	야마토와 가까이 있는 것	야마토가 가까이에 없는 것
장소	야마토가 있는 장소	
가게	공원이나 상점가 (야마토와 마나의 추억의 장소)	
시설	야마토가 있는 곳	
음식	카레(마나가 좋아하는 것을 계승)	
음료	홍차(야마토가 좋아하는 것을 계승)	
색	검정	흰색(색 취향은 마나의 정반대)
계절	야마토가 여름을 좋아하니까 여름	
날씨	야마토가 맑은 날을 좋아하니까 맑은 날	
더위 / 추위		무관심하다.
의복	교복	사복은 무관심하다.
말	야마토가 하는 말 전부	
사람의 타입	야마토	그 외
연애 감정을 품는 유형	야마토	그 외
공부		흥미 없음
동물		고양이
꽃 / 식물		흥미 없음

p.117

미래인 | 좋아하는 것과 싫어하는 것

소설		흥미 없음
만화 · 애니메이션	야마토가 본 것은 본다.	흥미 없음
영화 · 드라마	연애물	
게임	퍼즐류(마나의 영향)	
음악	알기 쉬운 러브송	
TV 프로그램	야마토와 보는 코미디 프로그램	
그림		흥미 없음
스포츠(플레이)	야구(야마토의 영향)	
스포츠(관전)	야구	
도박	흥미 없음	흥미 없음
오락	야마토를 보고 있는 것	
브랜드		흥미 없음
전자기기		흥미 없음
SNS		흥미 없음
어린이		흥미 없음
또래		흥미 없음
연상		흥미 없음
고령자		흥미 없음
집안일		흥미 없음
자신에 대한 것		야마토를 구하지 못한 마나를 싫어한다.

p.118

미래인 I 일문일답	
음식 먹는 속도는 빠른가?	야마토를 보면서 먹기 때문에 느리다.
음료는 따뜻한 것/차가운 것?	뜨거운 것(마나였을 때 처음에 야마토에게 받은 것이 뜨거운 커피였다)
좋아하는 음식을 먼저 먹나?	마지막까지 남겨둔다.
스마트폰은 무슨 색?	가지고 있지 않다, 필요 없다.
비싼 물건을 살 때 사전 조사는 얼마나 하나?	하지 않는다(사지 않는다).
구매 시 제일 고려하는 것은? (가격, 기능 등)	애초에 사지 않는다.
절약하는 타입인가?	굳이 말하자면 낭비하는 쪽(집착이 없다).
저금은 하나?	못 한다(필요가 없다).
돈은 어디에 쓰는지? / 무얼 아끼는지?	야마토를 위해서
단순한 작업은 힘들어 하나?	싫증 난다는 개념이 없다.
잠들 때의 모습은 어떤가?	자지 않지만, 야마토의 이불 속으로 기어들어 간다.
잠버릇은?	자지 않으니 알 수 없다.
친구와 놀고 싶을 때 먼저 권유하나?	권하는 쪽(단, 야마토만)
모임에서 총무를 맡을 수 있는지?	못 한다.
일(아르바이트 및 학교)은 잘하는지?	필요하면 할 수 있다.
인도어파? 아웃도어파?	양쪽 다 아니다.
무인도에 가져가고 싶은 한 가지는?	야마토
술을 얼마나 마실 수 있나?	취하지 않는다.
술에 취하면 어떻게 되는가?	취하지 않지만, 취한 척은 할 수 있다.
말을 하는 편인지, 듣는 편인지?	양쪽 다 아니다(대화가 좀 이상하다).

p.119

미래인 | 일문일답

점술은 믿는가?	믿지 않는다.
자신만의 징크스가 있는가?	없다.
생활 속 루틴은 있는가?	없다.
부모님의 생신, 어떻게 축하하는가?	없어서 모르겠다.
서프라이즈는 좋아하는가?	좋아한다.
기계를 잘 다루는지?	기계를 멋대로 움직이게 할 수 있다.
외모가 잘생겼나?	마음만 먹으면 바꿀 수 있다.
거짓말은 잘하는가?	그럴 마음이 들면 할 수 있다.
얼굴에 감정이 드러나는 타입?	그럴 마음이 들면 감출 수 있다.
땀을 많이 흘리나?	땀은 흘리지 않는다.
병원은 싫어하는지?	싫어한다.
옷차림에 많은 신경을 쓰는지?	신경 쓰지 않는다.
현금파? 캐시리스파?	양쪽 다 사용하지 않는다.
멀미는 하는지?	하지 않는다.
친구가 싸우고 있다면 중재하는지?	하지 않는다.
손재주가 있는가?	하고자 하면 잘하는 편이다.
앞뒤를 생각하는 타입?	생각하지 않는다.
약속 시간 전에 도착하는지?	약속을 잡지 않는다.
스스로 리더가 되려 하는지? 추천에만 응하는지?	양쪽 다 좋아하지 않는다.
살면서 가장 놀란 일은?	야마토가 죽은 일, 죽었다는 것에 자신이 놀란 것

p.120

저자 프로필

에노모토 아키

문예 평론가. 여러 곳에서 강사를 맡는 한편, 작가 사무소를 운영하고 있다. 주요 저서로 《이야기를 쓰는 사람이라면 꼭 봐야 하는 등장인물의 성격을 구분하는 방법(物語を作る人必見! 登場人物の性格を書き分ける方法)》(겐코샤), 《만화 · 일러스트 · 게임을 재미있게 하는 이세계 설정을 만드는 방법(マンガ・イラスト・ゲームを面白くする異世界設定のつくり方)》(기술평론사), 《이야기를 쓰고 싶은 사람을 위한 황금 패턴(物語づくりのための黄金パターン)》시리즈(DB재팬) 등이 있다. 본명(후쿠하라 토시히코)으로 대하소설도 집필하고 있다.

도리이 아야네

서적 편집이 특기지만 집필도 하고 있다. 토호학원 영화전문학교, 전문학교 일본만화예술학원에서 강사를 맡고 있다. 저서로는 《보잘것없는 그림이라는 말을 듣지 않기 위한 일러스트 구도의 생각(物語を作る人のための世界観設定ノート)》(슈와시스템), 국내 출간된 《내가 신이 되는 세상(つまらない絵と言われないための イラスト構図の考え方)》(영진닷컴)이 있다. 본명인 이리에 나쓰메로 소설도 집필하고 있다.

주요 참고 문헌

참고문헌

《환상세계의 주민들(幻想世界の住人たち)》 다케루베 노부아키와 가이헤이타이 저(신키겐샤)

《세계대백과사전(世界大百科事典)》(헤이본샤)

《일본대백과전집(日本大百科全書)》(쇼가쿠칸)

《디지털 대사천(デジタル大辞泉)》(쇼가쿠칸)

memo

memo

내가 신이 되는 세상 2

1판 1쇄 발행 2023년 10월 25일

저 자 | 도리이 아야네
감 수 | 에노모토 아키
역 자 | 최서희
발 행 인 | 김길수
발 행 처 | (주)영진닷컴
주 소 | (우)08507 서울 금천구 가산디지털1로 128
STX-V타워 4층 401호
등 록 | 2007. 4. 27. 제16-4189호

ISBN | 978-89-314-6903-5

PIE YoungJin.com Y. 영진닷컴